JACK ESTES

LA GRAMMAIRE EST UNE CHANSON DOUCE

Professeur d'économie, conseiller culturel auprès de François Mitterrand, maître des requêtes au Conseil d'État, Erik Orsenna est également romancier et membre de l'Académie française.

ERIK ORSENNA
de l'Académie française

La grammaire est une chanson douce

STOCK

Illustrations : Bigre !

© Éditions Stock, 2001.
ISBN : 978-2-253-14910-1-1ʳᵉ publication - LGF

Pour Jeanne et Jean Cayrol.

*Merci à Danielle Leeman,
Professeur de grammaire
à l'université de Paris-X-Nanterre.
Son savoir amical et malicieux
m'a tenu compagnie
tout au long de ce voyage.*

I

Méfiez-vous de moi !

Je parais douce, timide, rêveuse et petite pour mes dix ans. N'en profitez pas pour m'attaquer. Je sais me défendre. Mes parents (qu'ils soient remerciés dans les siècles des siècles !) m'ont fait cadeau du plus utile car du plus guerrier des prénoms : Jeanne. Jeanne comme Jeanne d'Arc, la bergère devenue général, la terreur des Anglais. Ou cette autre Jeanne, baptisée Hachette, car elle n'aimait rien tant que découper en tranches ses ennemis.

Pour ne citer que les plus connues des Jeanne.

Mon grand frère Thomas (quatorze ans) se le tient pour dit. Il a beau appartenir à une race globalement malfaisante (les garçons), il a bien été forcé d'apprendre à me respecter.

Cela dit, je suis au fond ce que je parais en surface : douce, timide et rêveuse. Même quand la vie se fait cruelle. Vous allez pouvoir en juger.

Ce matin-là de mars, veille des vacances de Pâques, un agneau se désaltérait tranquillement dans le courant d'une onde pure. La semaine précédente, j'avais appris que tout renard flatteur vit aux dépens du corbeau qui l'écoute. Et la semaine encore antérieure, une tortue avait battu un lièvre à la course…

Vous avez deviné : chaque mardi et chaque jeudi, entre neuf et onze heures, les animaux les plus divers envahissaient notre classe, invités par notre professeur. La toute jeune Mademoiselle Laurencin aimait d'amour La Fontaine. Elle nous promenait de fable en fable, comme dans le plus clair et le plus mystérieux des jardins.

– Écoutez ça, les enfants :

Une grenouille vit un bœuf
Qui lui sembla de belle taille.
Elle qui n'était pas grosse en tout comme un
    œuf,
Envieuse s'étend, et s'enfle, et se travaille...
Ou ceci :
Va-t'en, chétif insecte, excrément de la terre !
C'est en ces mots que le lion
Parlait un jour au moucheron.
L'autre lui déclara la guerre.

Laurencin, en récitant, rougissait, pâlissait : c'était une véritable amoureuse.

– Vous vous rendez compte ? En si peu de lignes, dessiner si bien l'histoire... Vous la

voyez, la grenouille envieuse, non ? Et le moucheron chétif, vous ne l'entendez pas vrombir ?

– Pardon madame, que veut dire « excrément » ?

– Mais c'est de la merde, ma Jeanne.

Car Laurencin, toute blonde et jeune qu'elle était, n'avait pas peur des mots et serait plutôt morte que de ne pas appeler un chat un chat.

– Bénissez la chance, mes enfants, d'avoir vu le jour dans l'une des plus belles langues de la Terre. Le français est votre pays. Apprenez-le, inventez-le. Ce sera, toute votre vie, votre ami le plus intime.

Le personnage qui, ce matin-là de mars, entra dans notre classe aux côtés de Monsieur Besançon, le principal, n'avait que la peau sur les os. Homme ou femme ? Impossible à savoir, tant la sécheresse l'emportait sur tout autre caractère.

– Bonjour, dit le principal. Madame Jargonos se trouve aujourd'hui dans nos murs pour effectuer la vérification pédagogique réglementaire.

– Ne perdons pas de temps !

D'un premier geste, la visiteuse renvoya Monsieur Besançon (lui d'ordinaire si sévère, je ne l'avais jamais vu ainsi : tout miel et courbettes). D'un second, elle fit signe à notre chère Laurencin.

– Reprenez. Où vous en étiez. Et surtout : faites comme si je n'étais pas là !

Pauvre mademoiselle ! Comment parler normalement devant un tel squelette ? Laurencin se tordit les mains, inspira fort et, vaillante, se lança :

– Un agneau se désaltérait
Dans le courant d'une onde pure ;
Un loup survient à jeun, qui cherchait
*   aventure.*

Un agneau... L'agneau est associé, vous le savez, à la douceur, à l'innocence. Ne dit-on pas *doux comme un agneau, innocent comme l'agneau qui vient de naître* ? D'emblée, on imagine un paysage calme, tranquille... Et l'imparfait confirme cette stabilité. Vous vous souvenez ? Je vous l'ai expliqué en grammaire : l'imparfait est le temps de la durée qui s'étire, l'imparfait, c'est du temps qui prend son temps... Vous et moi, nous aurions écrit : *Un agneau buvait.* La Fontaine a préféré *Un agneau se désaltérait*... Cinq syllabes, toujours l'effet de longueur, on a tout son temps, la nature est paisible... Voilà un bel exemple de la « magie des mots ». Oui. Les mots sont de vrais magiciens. Ils ont le pouvoir de faire surgir à nos yeux des choses que nous ne voyons pas. Nous sommes en classe, et par cette magie merveilleuse, nous

nous retrouvons à la campagne, contemplant un petit agneau blanc qui…

Jargonos s'énervait. Ses ongles vernissés de violet griffaient la table de plus en plus fort.

– Je vous en prie, mademoiselle, nous n'avons que faire de vos enthousiasmes !

Laurencin jeta un bref regard par la fenêtre, comme pour appeler à l'aide, et reprit :

– La Fontaine joue comme personne avec les verbes. Un loup « survient » : c'est un présent. On aurait plutôt attendu le passé simple : un loup « survint ». Qu'apporte ce présent ? Un sentiment accru de menace. C'est maintenant, c'est tout de suite. Le calme de la première phrase est rompu net. Le danger s'est installé. Il survient. On a peur.

– Je vois, je vois… De l'imprécis, de l'à-peu-près… De la paraphrase alors qu'on vous demande de sensibiliser les élèves à la construction narrative : qu'est-ce qui assure la continuité textuelle ? À quel type de progression thématique a-t-on ici affaire ? Quelles sont les composantes de la situation d'énonciation ? A-t-on affaire à du récit ou à du discours ? Voilà ce qu'il est fondamental d'enseigner !

Le squelette Jargonos se leva.

– …Pas la peine d'en entendre plus.

Mademoiselle, vous ne savez pas enseigner. Vous ne respectez aucune des consignes du ministère. Aucune rigueur, aucune scientificité, aucune distinction entre le narratif, le descriptif et l'argumentatif.

Inutile de dire que, pour nous, cette Jargonos parlait chinois. Telle semblait d'ailleurs l'opinion de Laurencin.

– Mais, madame, ces notions ne sont-elles pas trop compliquées ? Mes élèves n'ont pas douze ans et ils sont en sixième !

– Et alors ? Les petits Français n'ont pas droit à de la science exacte ?

La sonnerie interrompit leur dispute.

La femme-squelette s'était assise au bureau et remplissait un papier qu'elle tendit à notre chère mademoiselle en larmes.

– Ma chère, vous avez besoin au plus vite d'une bonne remise à jour. Vous tombez bien : un stage commence après-demain. Vous trouverez, sur ce formulaire, l'adresse de l'institut qui va s'occuper de vous. Allez, ne pleurnichez pas, une petite semaine de soins pédagogiques et vous saurez comment procéder dorénavant.

Elle grimaça un « au revoir ».

Nous ne lui avons pas répondu.

Accompagnée de Besançon, qui l'attendait dans le couloir, toujours aussi miel et courbettes, Madame Jargonos s'en est allée torturer ailleurs.

*
* *

Normalement, vu que les vacances venaient de commencer, nous aurions dû crier, hurler, danser. Surtout moi, qui allais traverser en bateau l'Atlantique. Mais rien, le silence. Nous nous regardions, bouche ouverte, comme poissons rouges en bocal. La détresse de notre chère Laurencin nous bouleversait. Et quels étaient ces « soins pédagogiques » qu'allait lui infliger le terrible institut ? Je ne savais pas, jusqu'à ce jour, que les profs, eux aussi, avaient des profs. Et que ces profs de profs avaient des sévérités redoutables.

*
* *

La nuit, je rêvai qu'avec des pinces quelqu'un se préparait à m'ouvrir la tête pour y installer un tas de mots qu'il avait près de lui, des mots aussi desséchés que des squelettes. Heureusement, un lion, un moucheron et une tortue prenaient ma défense, mettaient en fuite le méchant et ses pinces.

C'est le lendemain, dans l'après-midi, qu'avec mon frère je pris la mer.

II

La tempête a commencé comme toutes les tempêtes. Soudain, l'horizon bouge, les tables oscillent et les verres, heurtés les uns contre les autres, tintent.

Le commandant, pour fêter l'arrivée prochaine en Amérique, avait organisé, dans le plus grand salon du paquebot, un «championnat international de Scrabble». Vous savez, le Scrabble est ce jeu étrange, plutôt crispant. Avec des lettres en plastique, on forme des mots rares. Et plus les mots sont rares et plus ils comportent de lettres impossibles (le Z, le W), plus on marque des points.

Les champions, les championnes de mots rares se sont regardés. Ils pâlissaient. L'un après l'autre, ils se sont levés, ont plaqué leur main gauche contre leur bouche et, au pas de course, ont quitté le grand salon. Je me souviens d'une petite dame proprette qui n'avait pas fait assez vite : une matière verdâtre lui coulait entre les doigts. La honte lui dévorait les yeux.

Sur les tables demeuraient les lettres blanches et les dictionnaires grands ouverts.

Thomas me regardait, enchanté. Un vieux reste de politesse l'empêchait d'éclater de rire.

Il faut vous avouer, chère lectrice, cher lecteur, que nous n'aimons rien tant, mon frère et moi, que la très grosse mer : chavirant les estomacs des passagers, elle vide la salle à manger où, admirés par l'équipage stupéfait de notre appétit, nous pouvons tranquillement, lui et moi, en amoureux, festoyer.

Le commandant s'approcha :

– Jeanne et Thomas, vous m'épatez. On dirait de vieux capitaines. Où avez-vous appris l'océan ?

Des larmes me vinrent (parmi mes nombreuses qualités, je sais pleurer à la demande).

– Hélas, monsieur ! Si vous connaissiez notre triste histoire…

Une fois de plus, je racontai la séparation de nos parents. Leur incapacité à vivre ensemble, leur sage décision de vivre chacun d'un côté de l'Atlantique plutôt que de s'injurier du matin au soir.

– Je comprends, je comprends, balbutia le commandant, compatissant. Mais… Vous ne prenez jamais l'avion ?

– Pour nous écraser au décollage, comme notre grand-mère ? Jamais.

Thomas, les dents plantées dans son poignet, parvenait difficilement à garder son sérieux.

Merci Papa, merci Maman de vous aimer si mal ! Dans une famille normale, jamais nous n'aurions tant voyagé.

III

Cette fois, notre chère tempête ne riait pas. Au lieu d'agiter l'océan, comme d'habitude, comme une maman touille l'eau du bain, pour amuser son bébé, une vraie colère l'avait prise, qui montait d'heure en heure. Elle frappait notre malheureux bateau, de plus en plus méchamment, elle jetait contre lui des montagnes liquides, elle le précipitait dans des gouffres. La coque du paquebot craquait et tremblait, comme si la peur, une peur panique, malgré tout son courage, peu à peu, s'emparait de lui. Jamais de ma vie je n'avais été si secouée. Je tombais, me relevais, retombais, glissais sur le parquet soudain pentu comme un toboggan, partout me cognais. Un coin de table m'avait entaillé la joue. Je le sentais bien : les cahots me chamboulaient l'intérieur du corps. D'un instant à l'autre, mon cœur allait se décrocher, de même mon estomac ;

sous les os de mon crâne, les morceaux de mon cerveau se mélangeaient…

*

* *

Rien n'est plus contagieux que la peur. Depuis longtemps, le si joyeux steward n'avait pas souri, ni mon futur fiancé, le lieutenant blondinet, encore moins le cuisinier noir que notre appétit d'ogre d'habitude réjouissait tant. Ils sursautaient à la moindre embardée du bateau, ils fermaient les yeux, comme si les coups que la mer lui portait étaient reçus par eux, ils se cramponnaient les uns aux autres, ils grimaçaient ou peut-être priaient-ils, je voyais trembler leurs lèvres.

Une étrange faiblesse s'emparait de moi : j'étais même prête à pardonner à Thomas tout le mal qu'il m'avait fait. Quand vient votre dernière heure, vous abandonnez toute fierté.

Mais tant qu'à mourir, je voulais du bon air.

Par la main, je saisis mon frère et, profitant d'un beau coup de tangage, nous atteignîmes la porte qui donnait sur le pont.

– Interdit! hurla le lieutenant. Vous allez vous faire emporter!

Ils tentèrent bien de nous retenir, mais trop

tard, le paquebot de nouveau piquait du nez vers le ciel. Pauvre équipage, c'est la dernière vision que je garde de lui, un trio qui crie et gigote, plaqué contre une paroi blanche…

Dehors, impossible de respirer, le vent soufflait trop fort, j'étouffais. Comme un coup de poing, il écrasait mes narines. Je croyais avoir trouvé la méthode dans les rafales : tourner la tête. Mais le vent avait compris ma misérable manœuvre, il s'engouffrait en moi par les tympans ; je sentais sous mes cheveux comme un grand nettoyage, tout ce que je savais, le vent me l'arrachait, ça ressortait par l'autre oreille, mes leçons d'histoire, les dates que j'avais eu tant de mal à apprendre, les verbes irréguliers anglais… Bientôt je serais tout à fait creuse. Et vide.

Thomas, comme moi, tentait de se protéger, les yeux affolés et les deux mains plaquées sur ses oreilles.

Un long coup de sirène retentit : l'ordre de gagner au plus vite un canot de sauvetage.

« Bon, ma petite Jeanne, il faut voir les choses en face, cette fois c'est la fin. Trop tard pour aller chercher une bouée. Si nous coulons, à qui vas-tu bien pouvoir t'accrocher ? »

J'ai cherché, cherché de l'aide dans mon cerveau désert. Un petit mot m'est apparu, le der-

nier qui me restait, blotti dans un coin, deux syllabes minuscules, tout aussi terrorisées que moi.
«Douceur.» Douceur comme le sourire timide
de Papa quand il se décidait enfin à me parler
comme à une grande, douceur comme la caresse
de Maman sur mon front pour m'aider à m'endormir, douceur comme la voix de Thomas
quand il me racontait dans le noir qu'il aimait
une fille de seconde, douceur, doux et sœur, les
deux petits sons qui toujours m'avaient redonné
confiance et envie de vivre mille ans, ou plus.

J'ai hurlé à Thomas de faire comme moi :

– Choisis un mot, celui que tu préfères !

Dans le vacarme, il n'a sûrement pas entendu.
La maudite tempête s'acharnait trop pour nous
laisser la moindre chance. À peine ai-je eu le
temps de lui crier que je le détestais et aussi que
je l'aimais.

Avait-il, comme moi, voulu choisir un mot et
lequel ? Ferrari, football ? Je ne le lui ai jamais
demandé. Nos mots préférés sont des affaires
intimes, comme la couleur de notre sang. Et je
suis sûre qu'il se serait moqué du mien, douceur,
un vrai mot de fille.

Lentement, ô comme la lenteur est angois-
sante, lentement l'arrière de notre bateau s'est
dressé vers le ciel sans soleil. Je me suis sentie

tomber, douceur, je répétais, douceur, il me semblait qu'à force de le dire le mot gonflait, comme le cou de certains oiseaux amoureux, je l'avais entouré de mes bras, douceur, ma bouée.

Et puis les lumières noires se sont éteintes et un à un tous les bruits. Plus rien.

IV

D'abord, quelque chose de pointu me picora la peau du crâne, comme si j'avais eu des poux, ce qui n'était plus le cas depuis janvier dernier.

Ensuite, un bruit très tendre et régulier me caressa le tympan, comme l'aller-retour d'un balai fatigué sur le sol d'une maison, comme le voyage obstiné d'une râpe sur la tranche d'un fromage.

Enfin, un fumet frais me parcourut les narines, une odeur de sel et de terre mouillée.

Dans ma tête embrumée, je posai l'addition :

une peau vivante
+ une oreille vivante
+ un nez vivant
= une Jeanne vivante.

Cette excellente nouvelle (j'avais survécu au naufrage) fut suivie par une terreur noire (qu'est-il arrivé à Thomas). J'ouvris lentement, lentement les yeux. Il était là, ce monstre de frère, assis tranquillement sur la plage, occupé à se gratter, sans aucune élégance, le pantalon. Absolument désintéressé par le sort de sa sœur. La tempête ne l'avait pas changé : toujours aussi nul ! Il bougea les lèvres, sans doute pour m'injurier, comme d'habitude. Mais rien ne sortit, aucun son. Bien sûr, je crus qu'il se moquait. Et je lui préparai une réplique à ma façon. Mais comme lui, rien, le vide dans la bouche. On se regarda, aussi perdus l'un que l'autre. Aussi désespérés maintenant que joyeux l'instant d'avant d'avoir par miracle survécu.

Muets. La tempête nous avait arraché tous nos mots.

Alors, qu'il soit pardonné pour toutes ses méchancetés passées et futures, Thomas me posa une main sur l'épaule. Et de l'autre il me montra notre nouvelle demeure : un paradis. Une baie bordée d'arbres immenses à toucher le ciel bleu; une eau vert pâle, plus transparente que l'air; une dentelle de corail, au loin, sur laquelle se brisaient en grondant les assauts de la mer. Plus la moindre trace de bateau. Et d'innombrables poissons, les uns petits et blancs, les autres plus larges et noirs. Poussés par le courant, ils venaient à notre rencontre. Un oiseau surgit, puis dix, puis mille. Ils criaient de joie,

plongeaient, remontaient vers le ciel, recriaient, replongeaient. Il me semblait qu'ils ne gardaient pas longtemps leur prise dans le bec. À peine l'avaient-ils saisie qu'ils la recrachaient. Elle retombait, en virevoltant, comme une feuille minuscule et scintillante. Et les oiseaux disparurent, comme ils étaient venus, toujours criant mais cette fois de colère, du moins le devinais-je, ne connaissant pas grand-chose à leur langage.

La déception des oiseaux, nous ne la comprîmes qu'un peu plus tard, lorsque les petits poissons blancs vinrent s'échouer devant nous. Trois carrés de plastique, chacun marqué d'une lettre, Z, N, E. Impossible de se tromper : c'était avec elles que jouaient toute la journée les passagers, les champions de Scrabble. Forcément furieux, les oiseaux ! Ils n'en ont rien à faire du Scrabble et détestent le plastique.

Un peu plus tard, un mot s'approcha du rivage, accompagné de sa définition :

ENCOMBRE (SANS) [sãzãkõbʀ] Loc. adv. –
av. 1526. De *sans* et *encombre* (fin XIIᵉ) de
encombrer. Sans rencontrer d'obstacle, sans
ennui, sans incident. *Voyage sans encombre.*
« *Il venait de subir sans encombre son dernier
examen.* » (Flaubert)

Un mot qui flottait sur l'eau verte, un mot
plat comme une méduse ou une limande. Inutile
d'être bien maligne pour deviner ce qui s'était
passé. La tempête avait tant secoué, comme
nous, les dictionnaires que les mots s'en étaient
détachés. Et maintenant les dictionnaires, vidés
de leur contenu, devaient reposer sur le fond de
la mer, à côté de leurs amis, les champions de
Scrabble.

La mer nous rendait ce que le vent nous avait
volé. Des milliers de mots, un banc immense cla-
potait tranquillement devant nous. Il suffisait de
tendre les bras pour les pêcher. Je me souviens
des premiers que j'ai pris dans ma main.

JUGEOTE [ʒyʒɔt] n. f. Milieu XIXᵉ, de *juger*.
Familier. Jugement, bon sens. « *Il n'a pas pour
deux sous de jugeote! Cette faculté intuitive
qu'en bon français on nomme la jugeote.* »
(Georges Duhamel)

et

> TAISEUX, EUSE [...] adj. Du latin *tacere* et de l'ancien français *taisi*. Personne qui ne parle guère. *Guillaume le Taiseux.*

Ils se déposaient sur ma peau comme des tatouages, ces décalcomanies fragiles qu'un bain peut effacer.

Si j'avais osé, je m'en serais recouvert le corps. Ils m'auraient caressée, j'en suis sûre, à leur manière de mots, discrète et troublante.

Mais Thomas, du coin de l'œil, me surveillait, j'ai abandonné mes idées folles et je l'ai imité. J'ai recueilli les mots au creux de la paume, écartant le plus doucement possible mes doigts pour que l'eau s'égoutte. Et je les ai étalés délicatement sur le sable pour qu'ils sèchent au soleil. Un soleil de plus en plus dur, d'ailleurs : n'allait-il pas brûler nos petits rescapés ? Thomas m'a souri (bravo ma sœur, tu n'es pas toujours imbécile). Pour les protéger, nous sommes allés chercher des feuilles, de longues feuilles de bananier.

Quelqu'un, derrière nous, chantonnait. Tout à notre travail, nous ne l'avions pas entendu approcher.

Ma jolie petite fleur,
Mon oiseau des îles

Une voix de berceuse, douce, un peu triste, comme les ondées du soir en été. Une voix fragile comme les rêves. Je me retournai lentement, lentement, pour ne pas l'effrayer. Ce genre de voix devait pouvoir s'enfuir à jamais aussi vite que les oiseaux.

Une apparition nous souriait : un petit monsieur basané, droit comme un «i» dans son costume de lin blanc et coiffé d'un canotier. De quelle planète nous était-il arrivé ? Un film musical, un carnaval oublié ? Je ne suis pas très spécialiste de l'âge chez les Noirs. Mais, aux rides qui lui griffaient le coin des yeux, aux taches plus claires de sa peau, je devinais qu'il n'était plus jeune. Il s'avança. Fascinée, je regardais ses chaussures, des mocassins bicolores, rouge et crème. Pas la moindre trace de chaussettes. Plutôt que marcher sur le sable, comme nous, il semblait danser. Je relevai la tête juste à temps pour serrer la main qu'il me tendait :

– Bienvenue, mademoiselle. Tout le monde m'appelle Monsieur Henri. Ne craignez rien, nous avons l'habitude des naufrages et des naufragés. Voici mon neveu. Nous allons prendre soin de vous…

Un ado géant, habillé de couleurs criardes celui-là, chemise à fleurs, pantalon jaune pattes d'eph', et guitare en bandoulière, l'accompagnait. Il se taisait, sans doute trop occupé à faire admirer ses grands yeux verts. Pas de doute, un neveu sublime.

– … Vous ne pouvez plus parler, n'est-ce pas ? ne vous inquiétez pas, c'est normal, après les folles secousses que la tempête vous a infligées. Nous vous avons regardés du rivage. Qu'avez-vous fait à la mer pour qu'elle se montre si violente ? Et le vent, mon Dieu, ces rafales ! C'est un miracle s'il vous reste encore une tête sur les épaules.

Nous nous étions levés en titubant.

– Bienvenue parmi nous. Un bon petit somme et demain vous irez déjà mieux. Venez, nous allons vous montrer votre logis.

Tant bien que mal, nous les suivîmes. Nous parvînmes à un village de paillotes. Monsieur Henri ouvrit la porte de la première où nous attendaient deux lits bas.

– Si la faim vous réveille, vous trouverez des fruits, de l'eau fraîche et du poisson séché dans ce panier. Bon. N'ayez pas peur, nous allons vous redonner les paroles que l'ouragan vous a dérobées. Et quelques autres qui devraient vous réjouir. Notre île a des pouvoirs, comment dire, plutôt magiques. Vous allez étonner vos parents. À propos, le prochain bateau arrive dans un mois. Nous avons tout le temps…

Le neveu sublime jouait l'indifférent, le genre qui sifflote et d'impatience tapote du pied par terre en regardant ailleurs. Mais je les voyais

bien, ses yeux verts, ils brillaient dans la pénombre et n'arrêtaient pas de me frôler.

Nos nouveaux amis refermèrent la porte. Faufilés à travers les persiennes, les rayons du soleil caressaient le plancher. La chanson timide d'une guitare nous berçait. Qui jouait pour nous ? Qui avait compris notre besoin de musique après les fracas désordonnés de la tempête ? Monsieur Henri, le vieil élégant, ou son neveu, le sublime aux yeux verts ?

V

Le soleil trônait déjà au milieu du ciel. Sur la petite place, un chien bâillait, trois chèvres rongeaient un pneu, un papillon passait et repassait sous le nez d'un chat noir obèse.

Après tant de tumultes, ce calme donnait le vertige.

Monsieur Henri, assis sur un tronc d'arbre, caressait sa guitare. De temps en temps, ses doigts se promenaient sur les cordes, et revenait le même air que la veille, celui qui nous avait endormis. Peut-être nous avait-il accompagnés toute la nuit, pour chasser les cauchemars, les cauchemars horribles qui assaillent forcément les survivants d'un drame ? Quels étaient ces gens qui savaient prendre si bien soin des naufragés ? Et quels étaient leurs pouvoirs magiques ? Je mourais d'envie d'en savoir plus. Quand l'impatience me prend, je ne peux m'empêcher de bouger. J'esquissai trois pas de danse.

Monsieur Henri sourit.

– Nous allons mieux, on dirait. Il est déjà tard. Je vous emmène au marché. Vous comprendrez ce qui se passe dans notre île.

*
* *

Des guirlandes de piments, des tronçons d'espadon, de thon et de barracuda, des chèvres déchiquetées, d'autres bêtes en morceaux, des yeux, des langues, des foies et de grosses billes brunes (des couilles de taureau), des montagnes beiges de patates douces, des bouteilles blanches (rhum agricole), des saladiers, des casse-noisettes, des ventouses roses à déboucher les toilettes, des pattes de lapin (porte-bonheur), des chauves-souris desséchées (porte-malheur), des bâtons à mordiller nommés bois bandé (pour guérir la mollesse des maris)… et une foule bigarrée qui caquetait, pourparlait, cancanait, s'insultait, s'esclaffait… Sans compter, au ras du sol, la double armée, celle des enfants qui pleuraient beaucoup, criaient « maman », et celle des chiens, la gueule ouverte et baveuse, de vraies poubelles vivantes, ils gobaient tout ce qui tombait et s'en allaient au soleil mastiquer pensivement.

Au bout de l'allée, changement d'atmosphère: quatre boutiques étroites entouraient un rond-point. On aurait dit la place d'un village miniature… Les clients n'approchaient qu'en murmurant. Ils jetaient de droite à gauche des regards inquiets, comme des gens qui ont des secrets à cacher.

– Je vous présente notre marché aux mots, dit Monsieur Henri. C'est ici que je fais mes courses. Vous y trouverez ou retrouverez tout ce dont vous avez besoin.

Et il s'approcha du premier magasin, qu'un calicot pendouillant indiquait comme :

L'AMI DES POÈTES ET DE LA CHANSON

Drôle d'ami que ce commerçant, un géant maigre, l'air endormi et qui ne proposait rien. Rien qu'un vieux livre écorné. Pour le reste, son étalage était vide. Après les compliments et embrassades d'usage, Monsieur Henri passa ses commandes :

– Mon dernier refrain me turlupine, tu n'aurais pas une rime à «douce» et une autre à «maman»?

Tandis qu'ils faisaient affaire, je me glissai vers la boutique de gauche.

AU VOCABULAIRE DE L'AMOUR
TARIF RÉDUIT POUR LES RUPTURES

Justement, une femme en larmes suppliait :
– Mon mari m'a sauvagement quittée. Je voudrais un mot pour qu'il comprenne ma douleur, un mot terrible, qui lui fasse honte.

Le vendeur, un jeunot, sans doute un débutant, commença par rougir, «tout de suite, tout de suite», plongea dans un vieux volume et se mit à feuilleter comme un forcené «j'ai ce qu'il vous faut, une petite seconde. Voilà, vous avez le choix : affliction…»

– Ça sonne mal.

– Neurasthénie…

– On dirait un médicament.

– Désespérade.

– Je préfère, celui-là, il me plaît. Désespérade, je suis en pleine désespérade !

Elle glissa une pièce dans la main du vendeur et s'en alla ragaillardie. Elle emportait dans ses bras son mot nouveau, désespérade, désespérade… Elle n'était plus seule, elle avait retrouvé quelqu'un à qui parler.

Le client suivant était un vieux, d'au moins quarante ans; à cet âge, je ne croyais pas qu'on s'occupait toujours d'amour.

– Voilà. Ma femme ne supporte plus mes je t'aime. «Depuis vingt ans, tu pourrais varier; invente autre chose, me dit-elle, ou je m'en vais.»

– Facile, vous pourriez lui dire : «J'ai la puce à l'oreille.»

– Pour qu'elle me croie malpropre ?

– «Je suis coiffé de toi.»

– Ce qui veut dire ?

– L'obsession que j'ai de toi s'est enfoncée sur ma tête comme un chapeau trop grand. Je suis coiffé de toi. Je ne vois plus que toi…

– Je vais essayer. Si ça ne marche pas, je vous le rapporte.

Nous aurions pu rester jusqu'à la nuit. La file des clients s'allongeait. Thomas, comme moi, tendait l'oreille, « je vais lui faire une langue fourrée », on jouera à « la bête à deux dos ». Ses yeux brillaient, il avait l'air de comprendre des choses. Il faisait provision. Il saurait leur parler, aux filles, dès son retour, elles n'en reviendraient pas. Depuis le temps qu'il cherchait une recette pour draguer les grandes, les bien trop grandes pour lui.

Devant les autres boutiques aussi, une foule se pressait. J'aurais volontiers passé du temps avec

DIEUDONNÉ
APPELEUR DIPLÔMÉ
DES PLANTES ET DES POISSONS

ou chez la mystérieuse

MARIE-LOUISE
ÉTYMOLOGISTE EN QUATRE LANGUES

En réponse à mon air égaré, Monsieur Henri expliqua :

– L'étymologie raconte l'origine des mots. «Enfer», par exemple, vient du latin *infernus* (inférieur), quelque chose qui se trouve en dessous. Mais venez, j'ai bien d'autres endroits de l'île à vous montrer. Maintenant, vous connaissez l'adresse. Revenez quand vous voulez.

Il nous entraînait déjà. J'ai juste eu le temps d'entendre une belle liste d'injures proposées à quelqu'un qui ne supportait plus son patron. «Guette au trou», «bec à merde», «nain d'la couille»… Je me suis dit que toutes allaient à mon frère comme un gant, et plus efficaces que mes petites insultes habituelles, «imbécile», «crétin», «nullard».

J'allais pour de bon l'agonir, celui-là. Je venais de l'apprendre, ce mot-là, «agonir» c'est-à-dire insulter, de «honnir» c'est-à-dire détester. L'agonir pour qu'il agonise, mon frère adoré et détesté, l'agonir pour qu'il se torde à mes pieds dès que j'ouvrirai la bouche, en demandant grâce.

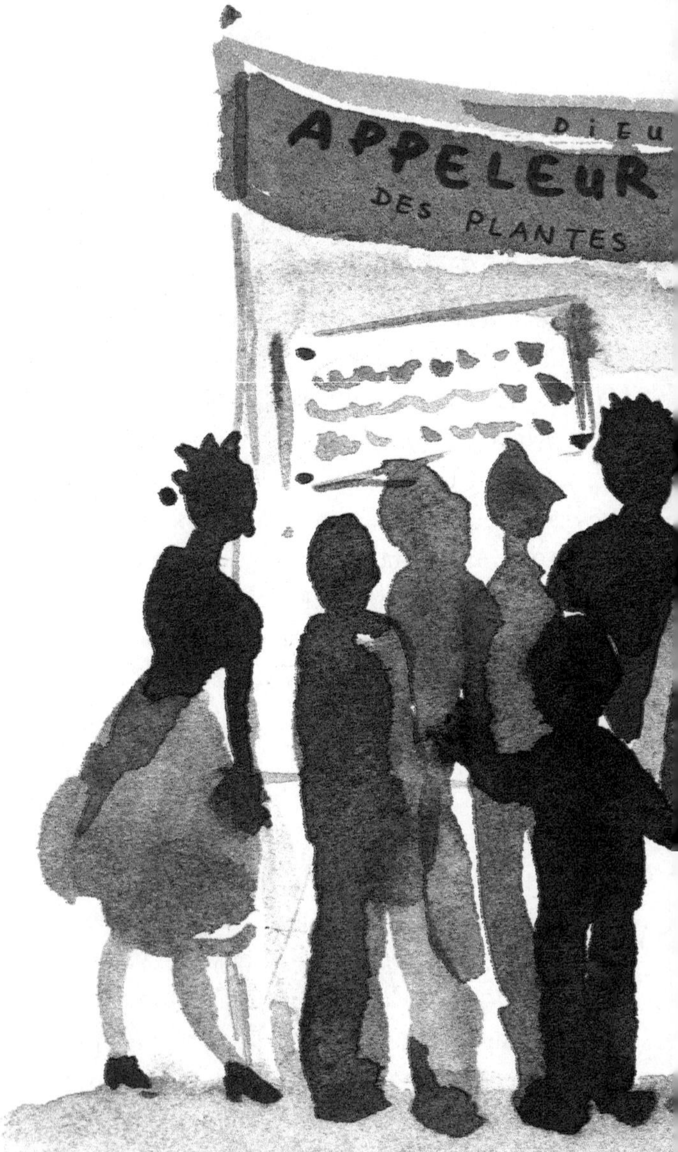
DIEU
APPELEUR
DES PLANTES

DONNÉ
DiPLÔMÉ
ET DES POiSSONS

De ce moment-là, ma vie d'avant m'a fait honte, la vie d'avant le naufrage, une vie de pauvre, une existence de quasi-muette. Combien de mots employais-je avant la tempête? Deux cents, trois cents, toujours les mêmes... Ici, faites-moi confiance, j'allais m'enrichir, je reviendrais avec un trésor.

VI

L'après-midi, nous partîmes en pirogue.

Heureusement que la mer était calme et qu'à travers ses longs cils de fille, les yeux verts du neveu sublime ne me quittaient pas. Sans eux, je serais morte de terreur. Le souvenir des vagues énormes ne demandait qu'à m'envahir. Comment oublier la vision de notre malheureux bateau englouti tête la première ?

Mais l'eau restait lisse et transparente comme une vitre. Il suffisait de se pencher pour suivre la danse tranquille des poissons, des violets, des jaunes à bandes rouges, des plats comme la main, des ronds comme un ballon, un festival de couleurs joyeuses. Malgré la beauté du spectacle, une tristesse ne me quittait pas. Je ne pouvais m'empêcher de penser à nos anciens compagnons de voyage, les champions de mots riches en Z et W. Comment faire pour remonter les noyés à l'air libre ?

Une autre famille d'idées sombres rôdaient autour de moi à la manière de guêpes qui attendent l'instant propice pour piquer. Au moment où nous embarquions dans la pirogue, j'avais surpris une conversation, une conversation chuchotée entre mon sublime et son oncle Henri.

– Il y a longtemps qu'on ne les a pas vus.

– Oui, ça m'étonne. D'habitude, on les a sur le dos dès le lendemain d'un naufrage.

– Espérons qu'ils vont laisser tranquilles nos amis.

– Pauvre charmante demoiselle! Je l'imagine très mal enfermée…

De qui parlaient-ils? Et qui voulait m'emprisonner?

Comme nos accompagnateurs, je guettais l'horizon. D'où arriveraient mes ennemis?

Heureusement, notre traversée ne dura pas un quart d'heure et personne ne vint la déranger.

*
* *

Brûlé, cet îlot, comme une galette des rois trop longtemps laissée dans le four. Et vide, absolument, de plantes, d'êtres vivants, de constructions, l'endroit champion du monde catégorie désert, imbattable au *Livre Guinness des records* (chapitre «Rien»). Un plateau rocheux marron foncé, détergé, délavé, récuré… Tel était l'endroit de charme où nous avions débarqué.

Drôle de choix pour une excursion! Monsieur Henri ne tarda pas à nous donner la raison de notre venue.

– Vous savez pourquoi les déserts avancent, un peu partout sur notre Terre?… Il suffirait de fermer les paupières pour la voir avancer vers nous, cette terrible armée de sable. On nous parle de réchauffement de la planète, de forêts dévastées… C'est sans doute vrai. Mais l'on oublie l'essentiel. Ici, il y a cent ans, vivaient deux villages, avec tout ce qu'il faut pour être heureux, des plantes, des paillotes, de l'eau douce, des femmes, des hommes, des enfants, des animaux…

Je ne pouvais y croire.

Ici, de la vie! Sur ce carré de la désolation? Allons donc! Je forçais mon cerveau à imaginer mais il refusait, il renâclait, il me prenait pour une folle.

– … Un jour, une tempête aussi forte que la vôtre a soufflé sur cette île. Des arbres ont été arrachés, bien sûr, et des maisons se sont envolées. Mais tout le reste demeurait. Il suffisait de rebâtir et l'existence aurait repris, comme avant, jusqu'à la prochaine tempête.

Depuis quelque temps, je voyais sur la mer se multiplier des triangles noirs. Ils tournaient et retournaient autour de nous comme une ronde. Je ne compris pas tout de suite que c'étaient les requins. Peut-être que ces bêtes-là ne se nourrissent pas seulement de chair fraîche mais aussi d'histoires sinistres ? Et celle que contait Monsieur Henri n'avait rien de gai.

– Les habitants s'étaient fait, comme vous, nettoyer de tous leurs mots. Au lieu de venir chez nous les réapprendre, ils ont cru qu'ils pourraient vivre dans le silence. Ils n'ont plus rien nommé. Mettez-vous à la place des choses, de l'herbe, des ananas, des chèvres… À force de n'être jamais appelées, elles sont devenues tristes, de plus en plus maigres, et puis elles sont mortes. Mortes, faute de preuves d'attention ; mortes, une à une, de désamour. Et les hommes et les femmes, qui avaient fait le choix du silence, sont morts à leur tour. Le soleil les a desséchés. Il n'est bientôt plus resté de chacun d'entre eux qu'une peau, mince et brune comme une feuille de papier d'emballage, que le vent, facilement, a emportée.

Monsieur Henri s'est tu. Des larmes lui étaient montées. Sans doute avait-il des grands-mères, des grands-pères parmi les desséchés ? Il nous a reconduits à la pirogue. Les requins, après la fin de l'histoire, avaient disparu.

– Vous savez combien de langues meurent chaque année ?

Comment, privés des mots et encore plus des chiffres, aurions-nous pu lui répondre ? Je vous rappelle qu'après les cahots de la tempête et les agressions du vent, nos pauvres têtes ne pouvaient plus fabriquer la moindre phrase ! Nous parvenions tout juste à comprendre ce qu'on nous disait.

– Vingt-cinq ! Vingt-cinq langues meurent chaque année ! Elles meurent, faute d'avoir été parlées. Et les choses que désignent ces langues s'éteignent avec elles. Voilà pourquoi les déserts peu à peu nous envahissent. À bon entendeur, salut ! Les mots sont les petits moteurs de la vie. Nous devons en prendre soin.

Il nous regardait fixement, l'un puis l'autre, Thomas et moi. Sa gaieté, sa gentillesse s'étaient évanouies, avalées par une gravité terrible. Il marmonnait pour lui-même, d'une main il tenait le hors-bord, de l'autre il comptait sur ses doigts vingt-cinq de moins chaque année, comme il reste cinq mille langues vivantes sur la Terre, en 2100, il n'en restera plus que la moitié, et après ?

La nuit, en tombant, lui retira sa colère. Comme si l'obscurité était, avec la musique, la seule vraie maison de Monsieur Henri, l'endroit où il pouvait vivre à sa guise sans plus craindre aucun danger.

Une fois touchée la plage, il nous laissa ranger la pirogue et partit rejoindre un orchestre, un peu plus haut, à la lisière des arbres.

Le temps de m'allonger sur le sable, de saluer poliment les étoiles et je dormais.

VII

D'habitude, je hais les vieilles dames. Rien de plus hypocrite que ces animaux-là. Tout miel avec nous, les enfants, caresses et areu, areu quand les parents les regardent. Mais dès qu'ils ont le dos tourné, elles se vengent de notre jeunesse, elles nous pincent de leurs doigts décharnés de sorcière, nous piquent de leurs aiguilles à tricoter ou, pire supplice, nous embrassent à tout bout de champ pour nous punir de sentir si bon et d'avoir la peau si douce.

Mais celle qui me fut présentée ce jour-là, je l'ai aimée, dès le premier instant.

*
* *

Une maisonnette comme on en voit des centaines au bord de toutes les plages : banale, blanche, un étage, deux fenêtres et un balcon pour se saouler d'horizon. Un panneau sur la porte :

ENTREZ SANS FRAPPER.
MAIS, S'IL VOUS PLAÎT,
ATTENDEZ LA FIN DU MOT.
MERCI.

Et un chuchotement, des sons qui bruissaient plutôt que ne parlaient, comme un gazouillis de moineau malade ou comme les prières à l'église. D'ailleurs, je l'ai compris plus tard, il s'agissait bien d'une prière.

Monsieur Henri ouvrit. Personne. Nous traversâmes le salon encombré d'animaux empaillés mités et de livres déchiquetés. Peut-être les gens aimaient-ils tellement les romans, dans cette île, qu'ils les dévoraient ? À part eux, rien. Seul le murmure nous guidait. Autre porte. Le jardin. Un carré minuscule planté de trois palmiers, une table ronde recouverte de dentelle où reposait un gros dictionnaire ouvert.

Et, bien assise sur une chaise à très haut dossier, semblable à celles qu'on voit dans les châteaux, vêtue d'une robe blanche de fête, la personne la plus vieille que j'aie jamais rencontrée.

Comprenez-moi : pas seulement ridée, mais cre-
vassée, ravinée, creusée, de vrais canyons, les
yeux perdus sous d'invraisemblables plis et la
bouche disparue au fond d'un trou. L'ensemble
surmonté d'une crinière immaculée, la chevelure
d'une lionne des neiges. Je n'osais imaginer le
nombre d'années nécessaires pour sculpter ces
sillons sur la peau et laver, relaver ces cheveux.

Un ventilateur veillait sur cette antiquité. On
aurait dit un chien, ce ventilateur. Son gros œil
unique fixé sur sa maîtresse grondait sur com-
mande.

– « Échauboulure ».

L'antiquité modulait les syllabes avec une

douceur que je n'avais entendue nulle part, une tendresse timide, elle articulait comme une amoureuse. C'est peut-être pour cela qu'elle avait choisi une robe de mariée. Pourquoi personne n'avait jamais prononcé ainsi mon prénom ?

Comme le réclamait l'écriteau, nous attendîmes « la fin du mot ».

– « Échauboulure ».

Évidemment, je n'avais pas la moindre idée du sens de ces cinq syllabes. Je n'eus pas à attendre longtemps.

Une main toute rose parut, dans le jardin minuscule, et se posa sur la dentelle de la table. Sur la main, une cloque rouge poussa.

– C'est bien ça, chuchota Monsieur Henri. Il s'était penché vers le dictionnaire et lisait la définition : *Échauboulure : petite cloque rouge qui survient sur la peau pendant les chaleurs de l'été.*

Sept minutes s'écoulèrent dans le plus parfait silence. On n'entendait au loin que le chant de quelques oiseaux et les raclements de la mer sur le sable. Puis la main et la cloque s'évanouirent. Mais le mot demeura, ses cinq syllabes brillantes voletant dans l'air tel un papillon. Il disparut bientôt en agitant les ailes, pour dire merci, merci de m'avoir prononcé. La plus vieille dame du monde se retourna vers nous. Impossible de savoir si elle nous voyait. Je vous l'ai dit : à la place habituelle des yeux n'étaient que des plis.

Le ventilateur n'appréciait pas notre présence. En bon chien de garde, il grondait et soufflait. On le sentait prêt, pour défendre sa maîtresse, à sauter sur le visiteur et à le découper en rondelles.

Heureusement, le vent qu'il produisait tourna la page du gros dictionnaire. Et, de sa même voix douce, attendrie, d'amoureuse, la nommeuse, sans plus s'occuper de nous, lut lentement les quatre syllabes d'un autre mot :

– « Échinidés ».

Une famille d'oursins à l'instant surgit sur la pelouse du jardin.

– Vous avez compris son travail? nous chuchota Monsieur Henri. Elle redonne vie aux mots rares. Sans elle, ils disparaîtraient à jamais dans l'oubli.

Nous sommes restés longtemps dans le petit jardin, fascinés par le spectacle de ces résurrections. Qu'est-ce qu'un «éclateur»? Un appareil composé de deux pièces métalliques entre lesquelles jaillirent des étincelles. Qu'est-ce qu'un «écrivain»? Une sorte d'insecte coléoptère. Il se posa sur une longue feuille d'acanthe et, pris d'une faim soudaine, y découpa des trous en forme de lettres…

Oh, la joie de ces mots sortis de l'oubli. Ils s'étiraient, ils s'ébrouaient, certains n'avaient pas dû voir le grand air depuis des siècles.

Qu'est-ce qu'un «livre éléphantin»? Un livre aux pages d'ivoire. Que sont des «embrassoires»? Des tenailles utilisées par le verrier pour saisir les pots où l'on fond le verre.

La nuit tombait. Sur la pointe des pieds, nous avons quitté notre vieille amie.

Chère nommeuse! (Monsieur Henri avait les yeux attendris d'un enfant parlant de sa maman.) Puisse-t-elle vivre mille ans! Nous

avons tant besoin d'elle ! Nous devons la protéger de Nécrole.

Voyant mon air angoissé (qui pouvait bien
être ce Nécrole ?), il me prit par l'épaule et me
parla politique, comme à une grande.

– Nécrole est le gouverneur de l'archipel, bien
décidé à y mettre de l'ordre. Il ne supporte pas
notre passion pour les mots. Un jour, je l'ai ren-
contré. Voici ce qu'il m'a dit : « Tous les mots
sont des outils. Ni plus ni moins. Des outils de
communication. Comme les voitures. Des outils
techniques, des outils utiles. Quelle idée de les
adorer comme des dieux ! Est-ce qu'on adore un
marteau ou des tenailles ? D'ailleurs, les mots
sont trop nombreux. De gré ou de force, je les
réduirai à cinq cents, six cents, le strict nécessaire.
On perd le sens du travail quand on a trop de
mots. Tu as bien vu les îliens : ils ne pensent qu'à
parler ou à chanter. Fais-moi confiance, ça va
changer… » De temps en temps, il nous envoie
des hélicoptères équipés de lance-flammes, et fait
brûler une bibliothèque…

Je frissonnais. Voilà donc les fameux ennemis
qui nous menaçaient ! De colère, les doigts de
Monsieur Henri me serraient le cou, de plus en
plus fort. Je me retenais de crier. J'avais presque
mal.

— Ne te trompe pas, Nécrole n'est pas seul. Beaucoup pensent comme lui, surtout les hommes d'affaires, les banquiers, les économistes. La diversité des langues les gêne pour leurs trafics : ils détestent devoir payer des traducteurs. Et c'est vrai que si la vie se résume aux affaires, à l'argent, acheter et vendre, les mots rares ne sont pas très nécessaires. Mais ne t'inquiète pas, depuis le temps, on sait se protéger.

Ainsi finit notre troisième journée sur l'île. Ainsi commença pour moi l'habitude d'une petite cérémonie qui ne m'a jamais apporté que du bonheur : chaque dimanche soir, avant de m'endormir, je flâne quelques minutes au fond d'un dictionnaire, je choisis un mot inconnu de moi (j'ai le choix : quand je pense à tous ceux que j'ignore, j'ai honte) et je le prononce à haute voix, avec amitié. Alors, je vous jure, ma lampe quitte la table où d'ordinaire elle repose et s'en va éclairer quelque région du monde ignorée.

VIII

Au milieu de la nuit, un sanglot m'a réveillée. Je le connais bien, ce sanglot. C'est une sorte de boule, elle s'installe dans ma gorge, juste en dessous de la place où se trouvaient mes amygdales, avant qu'un chirurgien-boucher ne me les enlève. La boule me vient quand je suis trop seule, pour me tenir compagnie. De vous à moi, je préférerais quelqu'un d'autre comme compagnie. Mais on ne choisit pas toujours ses amis et tout vaut mieux que la solitude.

Je me suis assise dans mon lit. Si je reste allongée, ce sanglot-là m'empêche de respirer.

« Et si j'essayais ? »

L'image de la nommeuse ne me quittait pas. Avais-je moi aussi ce pouvoir de faire apparaître ? Je n'osais pas. Le cœur me battait. Mes mains tremblaient. J'ai prononcé « Maman » doucement, pour ne pas déranger Thomas qui avait fini par s'endormir.

Une seconde après, elle était là, debout près de moi, ma vraie maman, ses cheveux blonds, son parfum de savon, son sourire de petite fille, les yeux plissés et la main ouverte, toujours prête à caresser ma joue.

On se regardait, regardait, à se faire mal, sans rien dire. C'était à moi de parler mais je ne pouvais pas. Je n'avais pas encore retrouvé mes mots. Je n'étais pas encore guérie de la tempête.

Maman est restée si peu de temps, à la lumière de la lune. J'avais un œil sur ma montre fluorescente et l'autre sur ma mère. Ça dure si peu, sept minutes.

Et elle s'en est allée, avec un geste du bout des doigts, au revoir. Emportant avec elle le sanglot. Maman est comme ça, elle m'enlève mes sanglots. J'espère qu'elle ne les garde pas pour elle. Plus tard, j'inventerai des poubelles à sanglots. On les jetterait aux égouts, où des rats les mangeraient. Les rats, dit-on, se nourrissent de n'importe quoi. Nous nous sentirions plus légers. Je me suis rendormie.

IX

– Laissez-la tranquille !

Depuis quelque temps déjà, du creux de mon sommeil, j'entendais ces chuchotements de plus en plus furibonds, « allez-vous-en », « vous voyez bien qu'elle dort », accompagnés de battements d'ailes minuscules, de vrombissements légers, comme ceux des moustiques avant de piquer.

J'ouvris lentement les yeux. Un vol d'une trentaine de mots m'assaillait. « Épitrope », « Escargasse », « Girasol », « Mastaba » et bien d'autres, que j'ai oubliés aujourd'hui.

Le neveu sublime tentait d'éloigner cet essaim à grands coups d'éventail.

– Imbéciles ! Si vous croyez qu'en la réveillant vous allez la séduire !

Gentils mots, je comprenais bien leur demande. Mais que pouvais-je y faire ? Je n'avais pas la vocation ni la patience de notre vieille amie,

pour nommer toute la journée. Mon métier, à mon âge, vingt-quatre heures sur vingt-quatre, c'était de jouer, de nager, de vivre, pas de chuchoter des syllabes. Je me levai d'un bond, au grand effroi de mes assaillants. Comprenant qu'avec moi ils perdaient leur temps, les mots allèrent chercher secours ailleurs.

Du pas de la porte, Monsieur Henri avait assisté à la scène avec un sourire encore plus large que d'habitude. Thomas avait subi les mêmes affectueux assauts que moi. Seulement, comme il est violent, il avait vite chassé ses visiteurs à larges moulinets de polochon.

– Eh bien dites-moi, tous les deux, on dirait que nos amis vous ont adoptés ! Vous ne souffrez pas trop de l'invasion ?

Pour être franche, moi qui déteste ranger ma chambre, j'aurais volontiers mis un peu d'ordre dans ma tête. Les mots s'étaient entassés partout, sous mes cheveux, derrière mon front, derrière mes yeux. Je les sentais amoncelés au petit bonheur la chance dans les moindres recoins de mon crâne. Je sentais revenir à grands pas la migraine…

D'autant que Monsieur Henri s'était mis à tirer de sa guitare des horreurs, des sons au hasard, un chaos vraiment cruel, une cacophonie qui entrait dans l'oreille et me vrillait le tympan. Qu'est-ce qui lui prenait de nous torturer ainsi ?

– Vous voyez, les mots, c'est comme les notes. Il ne suffit pas de les accumuler. Sans règles, pas d'harmonie. Pas de musique. Rien que des bruits. La musique a besoin de solfège, comme la parole a besoin de grammaire. Il vous reste quelques souvenirs de grammaire ?…

Misère !

Je me rappelais l'horreur des conjugaisons, la torture des exercices, les accords infernaux des participes passés…

Thomas grimaçait plus encore que moi.

– On fait un pari ? reprit Monsieur Henri. Si dans une semaine, vous n'aimez pas la grammaire, je casse ma guitare.

Nous lui avons souri gentiment, pour lui faire plaisir. Il semblait si convaincu. Mais nous faire aimer la grammaire, jamais. Malheureuse guitare ! Une fois gagné notre pari, nous demanderions sa grâce.

Le sublime nous attendait dehors avec quatre chevaux.

– La ville des noms est à neuf kilomètres. Le premier arrivé gagne une chanson de moi.

Nous avons galopé à perdre souffle. Je crois que les deux garçons laissèrent Thomas gagner.

X

Nous avions atteint le sommet d'une colline où nous attendait le plus étrange et le plus joyeux des spectacles.

– À partir de maintenant, aucun bruit, chuchota Monsieur Henri, il ne faut pas les déranger.

Je me demandai pour quelle sorte de personnages considérables nous devions prendre de telles précautions. Une princesse en train d'embrasser son chéri secret, des acteurs de cinéma en plein tournage ? La réponse, bien plus simple et parfaitement imprévisible, n'allait pas tarder à m'arriver. À pas de loup, je m'approchai d'une balustrade en vieux bois branlant. En dessous de nous s'étendait une ville, une vraie ville, avec des rues, des maisons, des magasins, un hôtel, une mairie, une église à clocher pointu, un palais genre arabe flanqué d'une tour (une mosquée ?),

VILLE DES MOTS

interdit aux choses
et aux êtres humains

un hôpital, une caserne de pompiers… Une ville
en tout point semblable aux nôtres. À trois diffé-
rences près.

1. La taille : tous les bâtiments avaient été
réduits de moitié par rapport aux dimensions
normales. On aurait dit une maquette, un
décor…

2. Le silence : d'habitude, les villes font grand
bruit : voitures, mobylettes, moteurs divers,
chasses d'eau, engueulades, piétinements des

semelles sur les trottoirs… Là, rien. Rien que des froissements très légers, d'imperceptibles frou-frous.

3. Les habitants : pas d'hommes ni de femmes ; aucun enfant. Les rues n'étaient parcourues que de mots. Des mots innombrables, radieux sous le soleil. Ils se promenaient comme chez eux, ils étiraient dans l'air tranquillement leurs syllabes, ils avançaient, les uns sévères, clairement conscients de leur importance, amoureux de l'ordre, de la ligne droite (le mot « Constitution », les mots « analyse d'urine » bras dessus, bras dessous, le mot « carburateur »). Rien n'était plus réjouissant que de les voir s'arrêter aux feux rouges alors qu'aucune automobile ne les menaçait. Les autres mots, beaucoup plus fantaisistes, incontrôlables, voletaient, caracolaient, cabriolaient comme de minuscules chevaux fous, comme des papillons ivres : « Plaisir », « Soutiengorge », « Huile d'olive »… Je suivais, fascinée, leur manège. Je n'avais jamais prêté assez attention aux mots. Pas une seconde, je n'aurais imaginé qu'ils avaient chacun, comme nous, leur caractère.

Monsieur Henri nous prit par l'épaule, Thomas et moi, et nous glissa dans l'oreille l'histoire de cette cité.

– Un beau jour, dans notre île, les mots se sont révoltés. C'était il y a bien longtemps, au début du siècle. Je venais de naître. Un matin, les mots ont refusé de continuer leur vie d'esclaves. Un matin, ils n'ont plus accepté d'être convoqués, à n'importe quelle heure, sans le moindre respect et puis rejetés dans le silence. Un matin, ils n'ont plus supporté la bouche des humains. J'en suis sûr, vous n'avez jamais pensé au martyre des mots. Où mijotent les mots avant d'être prononcés ? Réfléchissez une seconde. Dans la bouche. Au milieu des caries et des vieux restes de veau coincés entre les dents ; empuantis par la mauvaise haleine ambiante, écorchés par des langues pâteuses, noyés dans la salive acide. Vous accepteriez, vous, de vivre dans une bouche ? Alors un matin, les mots se sont enfuis. Ils ont cherché un abri, un pays où vivre entre eux, loin des bouches détestées. Ils sont arrivés ici, une ancienne ville minière, abandonnée depuis qu'on n'y trouvait plus d'or. Ils s'y sont installés. Voilà, vous savez tout. Je vais vous laisser jusqu'à ce soir, j'ai ma chanson à finir. Vous pouvez les regarder tant que vous voudrez, les mots ne vous feront pas de mal. Mais ne vous avisez pas d'entrer chez eux. Ils savent se défendre. Ils peuvent piquer pire que des guêpes et mordre mieux que des serpents.

Vous êtes comme moi, j'imagine, avant mon arrivée dans l'île. Vous n'avez connu que des mots emprisonnés, des mots tristes, même s'ils faisaient semblant de rire. Alors il faut que je vous dise : quand ils sont libres d'occuper leur temps comme ils le veulent, au lieu de nous servir, les mots mènent une vie joyeuse. Ils passent leurs journées à se déguiser, à se maquiller et à se marier.

Du haut de ma colline, je n'ai d'abord rien compris. Les mots étaient si nombreux. Je ne voyais qu'un grand désordre. J'étais perdue dans cette foule. J'ai mis du temps, je n'ai appris que peu à peu à reconnaître les principales tribus qui composent le peuple des mots. Car les mots s'organisent en tribus, comme les humains. Et chaque tribu a son métier.

Le premier métier, c'est de désigner les choses. Vous avez déjà visité un jardin botanique ? Devant toutes les plantes rares, on a piqué un petit carton, une étiquette. Tel est le premier métier des mots : poser sur toutes les choses du monde une étiquette, pour s'y reconnaître. C'est le métier le plus difficile. Il y a tant de choses et des choses compliquées et des choses qui changent sans arrêt! Et pourtant, pour chacune il faut trouver une étiquette. Les mots chargés de ce métier terrible s'appellent les *noms*. La tribu des noms est la tribu principale, la plus nombreuse. Il y a des noms-hommes, ce sont les masculins, et des noms-femmes, les féminins. Il y a des noms qui étiquettent les humains : ce sont les prénoms. Par exemple, les Jeanne ne sont pas des Thomas (heureusement). Il y a des noms qui étiquettent les choses que l'on voit et ceux qui étiquettent des choses qui existent mais qui demeurent invisibles, les sentiments par exemple : la colère, l'amour, la tristesse… Vous comprenez pourquoi dans la ville, au pied de notre colline, les noms pullulaient. Les autres tribus de mots devaient lutter pour se faire une place.

Par exemple, la toute petite tribu des *articles*. Son rôle est simple et assez inutile, avouons-le. Les articles marchent devant les noms, en agitant une clochette : attention, le nom qui me suit est un masculin, attention, c'est un féminin! Le tigre, la vache.

Les noms et les articles se promènent ensemble, du matin jusqu'au soir. Et du matin jusqu'au soir, leur occupation favorite est de trouver des habits ou des déguisements. À croire qu'ils se sentent tout nus, à marcher comme ça dans les rues. Peut-être qu'ils ont froid, même sous le soleil. Alors ils passent leur temps dans les magasins.

Les magasins sont tenus par la tribu des *adjectifs*.

Observons la scène, sans faire de bruit (autrement, les mots vont prendre peur et voleter en tout sens, on ne les reverra plus avant longtemps).

Le nom féminin « maison » pousse la porte, précédé de « la », son article à clochette.

– Bonjour, je me trouve un peu simple, j'aimerais m'étoffer.

– Nous avons tout ce qu'il vous faut dans nos rayons, dit le directeur en se frottant déjà les mains à l'idée de la bonne affaire.

Le nom « maison » commence ses essayages. Que de perplexité ! Comme la décision est difficile ! Cet adjectif-là plutôt que celui-ci ? La maison se tâte. Le choix est si vaste. Maison « bleue », maison « haute », maison « fortifiée », maison « alsacienne », maison « familiale », maison « fleurie » ? Les adjectifs tournent autour de la maison cliente avec des mines de séducteur, pour se faire adopter.

Après deux heures de cette drôle de danse, la maison ressortit avec le qualificatif qui lui plaisait le mieux : « hanté ». Ravie de son achat, elle répétait à son valet article :

– « Hanté », tu imagines, moi qui aime tant les fantômes, je ne serai plus jamais seule. « Maison », c'est banal. « Maison » et « hanté », tu te rends compte ? Je suis désormais le bâtiment le plus intéressant de la ville, je vais faire peur aux enfants, oh comme je suis heureuse !

– Attends, l'interrompit l'adjectif, tu vas trop vite en besogne. Nous ne sommes pas encore accordés.

– Accordés ? Que veux-tu dire ?

– Allons à la mairie. Tu verras bien.

– À la mairie ! Tu ne veux pas te marier avec moi, quand même ?

– Il faut bien, puisque tu m'as choisi.

– Je me demande si j'ai eu raison. Tu ne serais pas un adjectif un peu collant ?

– Tous les adjectifs sont collants. Ça fait partie de leur nature.

*
* *

Thomas, à mes côtés, suivait ces échanges avec autant de passion que moi. L'heure avançait, sans que nous songions à déjeuner. L'intérêt du spectacle avait fait taire les appels de nos estomacs. D'autant que, devant la mairie, on s'agitait. L'heure des mariages allait sonner, que nous ne voulions manquer sous aucun prétexte.

XI

À vrai dire, c'étaient de drôles de mariages.

Plutôt des amitiés. Comme dans les écoles d'autrefois, quand elles n'étaient pas mixtes. Au royaume des mots, les garçons restent avec les garçons et les filles avec les filles.

L'article entrait par une porte, l'adjectif par une autre. Le nom arrivait le dernier. Ils disparaissaient tous les trois. Le toit de la mairie me les cachait. J'aurais tout donné pour assister à la cérémonie. J'imagine que le maire devait leur rappeler leurs droits et leurs devoirs, qu'ils étaient désormais unis pour le meilleur et pour le pire.

Ils ressortaient ensemble se tenant par la main, accordés, tout masculin ou tout féminin : le château enchanté, la maison hantée… Peut-être qu'à l'intérieur le maire avait installé un distributeur automatique, les adjectifs s'y ravitaillaient en « e » final pour se marier avec un nom féminin. Rien de plus docile et souple que le sexe d'un adjectif. Il change à volonté, il s'adapte au client.

Certains, bien sûr, dans cette tribu des adjectifs, étaient moins disciplinés. Pas question de se modifier. Dès leur naissance, ils avaient tout prévu en se terminant par « e ». Ceux-là se rendaient à la cérémonie les mains dans les poches. « Magique », par exemple. Ce petit mot malin avait préparé son coup. Je l'ai vu entrer deux fois à la mairie, la première avec « ardoise », la seconde avec « musicien ». Une ardoise magique (tout féminin). Un musicien magique (tout masculin). « Magique » est ressorti fièrement. Accordé dans les règles mais sans rien changer. Il s'est tourné vers le sommet de ma colline. J'ai l'impression qu'il m'a fait un clin d'œil : tu vois, Jeanne, je n'ai pas cédé, on peut être adjectif et conserver son identité.

Charmants adjectifs, indispensables adjoints ! Comme ils seraient mornes, les noms, sans les cadeaux que leur font les adjectifs, le piment qu'ils apportent, la couleur, les détails…

Et pourtant, comme ils sont maltraités !

Je vais vous dire un secret : les adjectifs ont l'âme sentimentale. Ils croient que leur mariage durera toujours… C'est mal connaître l'infidélité congénitale des noms, de vrais garçons, ceux-là, ils changent de qualificatifs comme de chaussettes. À peine accordés, ils jettent l'adjectif, retournent au magasin pour en chercher un autre et, sans la moindre gêne, reviennent à la mairie pour un nouveau mariage.

La maison, par exemple, ne supportait sans doute plus ses fantômes. En deux temps, trois mouvements, elle préféra soudain «historique». «Historique», «maison historique», vous vous rendez compte, pourquoi pas «royale» ou «impériale»? Et le malheureux adjectif «hantée» se retrouva seul à errer dans les rues, l'âme en peine, suppliant qu'on veuille bien le reprendre : «Personne ne veut de moi? J'ajoute du mystère à qui me choisit : une forêt, quoi de plus banal qu'une forêt sans adjectif? Avec "hantée", la moindre petite forêt sort de l'ordinaire…»

Hélas pour «hantée», les noms passaient sans lui jeter un regard.

C'était à serrer le cœur, tous ces adjectifs abandonnés.

*

* *

Thomas souriait aux anges. Depuis le temps que je le connais, il n'a pas besoin de parler. Je lis dans son cerveau comme dans un livre ouvert. Je savais quelles étaient ses pensées, des pensées vulgaires, des pensées typiques de garçon : « Quel paradis, cette ville ! Voilà comme j'entends le mariage, on prend une fille au magasin, on fait la fête en mairie. Et le lendemain, hop, nouvelle fille, et encore la mairie. »

J'en aurais pleuré de rage et de dégoût.

Je me suis consolée avec un autre spectacle, celui du petit groupe réuni devant le « Bureau des exceptions ». Un jour, je vous raconterai l'histoire de ce bureau. Il me faudrait un livre entier. Autant vous l'avouer, j'aime les exceptions. Elles ressemblent aux chats. Elles ne respectent aucune règle, elles n'en font qu'à leur tête. Ce matin-là, ils étaient trois, un pou, un hibou et un genou. Ils se moquaient d'une marchande qui leur proposait des « s » :

– Mes « s » sont adhésifs. Vous n'aurez qu'à vous les coller sur le cul pour devenir des pluriels. Un pluriel a quand même plus de classe qu'un singulier.

Les trois amis ricanèrent.

– Des « s », comme tout le monde ? Pas question. Nous préférons le «x». Oui, «x», comme les films érotiques interdits aux moins de dix-huit ans.

La marchande s'enfuit en rougissant.

XII

– Eh bien, dites-moi, vous qui disiez haïr la grammaire !

Tout à notre spectacle, nous n'avions pas entendu revenir Monsieur Henri. Nous commencions à mieux le connaître. Sous son air perpétuellement joyeux (rire était sa forme à lui de politesse), il y avait, ce soir-là, du vrai bonheur. Il devait avoir trouvé la rime qu'il cherchait pour sa chanson.

– Passionnant, n'est-ce pas ? Je viens souvent ici les regarder vivre. J'aime la compagnie des mots. Tiens, je suis sûr que vous n'avez pas encore repéré la tribu des prétentieux. Oui, les prétentieux ! Parlons plus bas. Les mots ont des oreilles très sensibles. Et ce sont des petits animaux très susceptibles. Tu vois le groupe, là-bas, assis sur les bancs près du réverbère : « je », « tu », « ce », « celle-ci », « leur ». Tu les vois ? C'est facile de les reconnaître. Ils ne se mêlent pas aux autres. Ils restent toujours ensemble. C'est la tribu des *pronoms*.

Monsieur Henri avait raison. Les pronoms toisaient tous les autres mots avec un de ces mépris…

– On leur a donné un rôle très important : tenir, dans certains cas, la place des noms. Par exemple, au lieu de dire « Jeanne et Thomas ont fait naufrage, Jeanne et Thomas ont abordé dans une île ou Jeanne et Thomas réapprennent à parler »… au lieu de répéter sans fin Jeanne et Thomas, mieux vaut utiliser le pronom « ils ».

Pendant qu'il parlait, un pronom, « ceux-ci », se dressa de son banc et sauta sur un nom pluriel qui passait tranquillement précédé par son article, « les footballeurs ». En un instant, « les footballeurs » avaient disparu, comme avalés par « ceux-ci ». Plus de trace des footballeurs, « ceux-ci » les avait remplacés. Je n'en croyais pas mes yeux.

– Vous voyez, les pronoms ne sont pas seulement prétentieux. Ils peuvent se montrer violents. À force d'attendre un remplacement, ils perdent patience.

Monsieur Henri s'amusait beaucoup de notre étonnement.

– Qu'est-ce que vous croyez ? Ne vous fiez

pas à leurs apparences de douceur, de gentillesse, de poésie. Les mots se battent entre eux, souvent, et ils peuvent assassiner, comme les humains.

Il continuait son inspection :

– Tiens, on dirait que les célibataires cherchent une fiancée pour la soirée !

Cette tribu non plus nous ne l'avions pas distinguée des autres, alors qu'elle était la seule à se désintéresser de la mairie. Clairement, les mariages ne la concernaient pas. Ces gens-là ne voulaient que des aventures éphémères. Monsieur Henri nous confirma notre impression.

– Ah, ces *adverbes* ! De vrais invariables, ceux-là ! Pas moyen de les accorder. Les femmes auront beau faire avec eux, elles n'arriveront à rien.

Je me sentais sourire. Le grand désordre que la tempête avait jeté dans ma tête peu à peu se dissipait. Noms, articles, adjectifs, pronoms, adverbes... Des formes que j'avais autrefois connues sortaient lentement du brouillard. Je savais maintenant, et pour toujours, que les mots étaient des êtres vivants rassemblés en tribus, qu'ils méritaient notre respect, qu'ils menaient, si on les laissait libres, une existence aussi riche que la nôtre, avec autant de besoin d'amour, autant de violence cachée et plus de fantaisie joyeuse.

Thomas avait eu sa dose de grammaire. Il fixait, hypnotisé, les doigts du neveu sublime qui se promenaient sur les cordes de sa guitare avec une légèreté de chat.

– On dirait que la musique te passionne plus que les paroles. Un jour, je t'emmènerai dans une autre ville où les notes, comme les mots ici, vivent entre elles. Tu en entendras de belles !

Comme les yeux de mon frère brillaient (on aurait dit deux braises prêtes à jaillir hors des orbites), le neveu lui glissa la guitare dans les bras.

– Attention, si tu commences avec la musique, c'est pour la vie, tu ne pourras plus t'en passer.

Mon frère hocha la tête, grave comme je ne l'avais jamais vu. La femme n'est pas encore née à qui il offrira un « oui » pareil.

– Parfait. Alors montre-moi ta main gauche.

J'entendis à mon oreille la voix de Monsieur Henri.

– Je crois qu'il vaut mieux laisser ensemble les virtuoses. Ne t'en fais pas, Jeanne, tu ne vas rien perdre au change. Suis-moi, en silence. Les mots sont comme nous. La nuit, ils tremblent de peur. Ils s'enfuient au moindre bruit suspect.

XIII

Les mots dormaient.

Ils s'étaient posés sur les branches des arbres et ne bougeaient plus. Nous marchions douce-ment sur le sable pour ne pas les réveiller. Bêtement, je tendais l'oreille : j'aurais tant voulu surprendre leurs rêves. J'aimerais tellement savoir ce qui se passe dans la tête des mots. Bien sûr, je n'entendais rien. Rien que le grondement sourd du ressac, là-bas, derrière la colline. Et un vent léger. Peut-être seulement le souffle de la planète Terre avançant dans la nuit.

Nous approchions d'un bâtiment qu'éclairait mal une croix rouge tremblotante.

– Voici l'hôpital, murmura Monsieur Henri.

Je frissonnai.

L'hôpital ? Un hôpital pour les mots ? Je n'ar-rivais pas à y croire. La honte m'envahit. Quelque chose me disait que, leurs souffrances nous en étions, nous les humains, responsables. Vous savez, comme ces Indiens d'Amérique morts de maladies apportées par les conquérants européens.

Il n'y a pas d'accueil ni d'infirmiers dans un hôpital de mots. Les couloirs étaient vides. Seules nous guidaient les lueurs bleues des veilleuses. Malgré nos précautions, nos semelles couinaient sur le sol.

Comme en réponse, un bruit très faible se fit entendre. Par deux fois. Un gémissement très doux. Il passait sous l'une des portes, telle une lettre qu'on glisse discrètement, pour ne pas déranger.

Monsieur Henri me jeta un bref regard et décida d'entrer.

Elle était là, immobile sur son lit, la petite phrase bien connue, trop connue :

Je

t'

aime

Trois mots maigres et pâles, si pâles. Les sept lettres ressortaient à peine sur la blancheur des draps. Trois mots reliés chacun par un tuyau de plastique à un bocal plein de liquide.

Il me sembla qu'elle nous souriait, la petite phrase.

Il me sembla qu'elle nous parlait :

– Je suis un peu fatiguée. Il paraît que j'ai trop travaillé. Il faut que je me repose.

– Allons, allons, Je t'aime, lui répondit Monsieur Henri, je te connais. Depuis le temps que tu existes. Tu es solide. Quelques jours de repos et tu seras sur pied.

Il la berça longtemps de tous ces mensonges qu'on raconte aux malades. Sur le front de Je t'aime, il posa un gant de toilette humecté d'eau fraîche.

– C'est un peu dur la nuit. Le jour, les autres mots viennent me tenir compagnie.

«Un peu fatiguée», «un peu dur», Je t'aime ne se plaignait qu'à moitié, elle ajoutait des «un peu» à toutes ses phrases.

– Ne parle plus. Repose-toi, tu nous as tant donné, reprends des forces, nous avons trop besoin de toi.

Et il chantonna à son oreille le plus câlin de ses refrains.

> *La petite biche est aux abois*
> *Dans le bois se cache le loup*
> *Ouh, ouh, ouh, ouh*
> *Mais le brave chevalier passa*
> *Il prit la biche dans ses bras*
> *La, la, la, la*

– Viens Jeanne, maintenant. Elle dort. Nous reviendrons demain.

*

*   *

– Pauvre Je t'aime. Parviendront-ils à la sauver ? Monsieur Henri était aussi bouleversé que moi. Des larmes me venaient dans la gorge. Elles n'arrivaient pas à monter jusqu'à mes yeux. Nous portons en nous des larmes trop lourdes. Celles-là, nous ne pourrons jamais les pleurer.

– ... Je t'aime. Tout le monde dit et répète « je t'aime ». Tu te souviens du marché ? Il faut faire attention aux mots. Ne pas les répéter à tout bout de champ. Ni les employer à tort et à travers, les uns pour les autres, en racontant des mensonges. Autrement, les mots s'usent. Et parfois, il est trop tard pour les sauver. Tu veux rendre visite à d'autres malades ?

Il me regarda.

– Tu ne vas pas t'évanouir, quand même ?

Il me prit le bras et nous quittâmes l'hôpital.

XIV

C'est le lendemain que je fus enlevée.

Accompagné par le neveu sublime, Thomas ne quittait plus sa guitare. Il avait trouvé son alliée, son amie. Je n'existais plus.

Envahie de jalousie (je vous l'ai déjà dit : on peut aimer son frère aussi fort qu'on le déteste), je décidai d'aller marcher sur la plage.

Quelques lettres de plastique continuaient de s'échouer sur le sable. Les oiseaux ne s'y laissaient plus prendre. Ils passaient haut dans le ciel en ricanant.

C'est alors que les hélicoptères noirs sont apparus.

Le temps d'appeler à l'aide, je fus embarquée.

*
* *

– Où est ton frère ?

Depuis mon arrivée dans l'île principale, je me taisais. D'ailleurs, comment aurais-je pu parler ? Les suites de la tempête me chamboulaient toujours la tête.

Derrière le grand bureau, un homme chauve me fixait avec un sourire menaçant.

Un policier à ses côtés prit le relais.

– Quand le gouverneur Nécrole te pose une question, tu ferais mieux de répondre…

Pour l'instant, Nécrole jouait la douceur.

– C'est pour ton bien…

Alerte. Quand un adulte commence comme ça, « c'est pour ton bien », alerte, tous aux abris. Le « pour mon bien » entraîne généralement des catastrophes, des siestes à faire (« c'est pour ton bien, tu as l'air si fatigué »), des devoirs à refaire (« c'est pour ton bien, tu ne veux pas redoubler, quand même ? »), la télé à éteindre (« c'est pour ton bien, la télé fait grossir »).

– C'est pour ton bien, ma petite (je hais qu'on m'appelle comme ça. D'accord, je ne mesure qu'un mètre cinquante-quatre, mais j'ai encore au moins six ans pour grandir). Ne me regarde pas ainsi. Je ne te veux aucun mal. Nous avons suivi ton affreuse aventure. Ne t'inquiète pas. Nous allons prendre soin de toi. Nous connaissons les naufrages. Nous savons les troubles grammaticophoniques (pardon ?) qu'ils entraînent. Nous allons te réparer au plus vite. Et tu pourras rentrer chez toi, avec ton frère. Car nous le retrouverons, n'aie aucune inquiétude. Tu as de la chance. Nous avons parmi nous, en tournée d'inspection, la spécialiste mondiale de la phrase française. Bon séjour et pas la peine de me remercier, je ne fais que mon devoir. À bientôt, je viendrai vérifier tes progrès.

Il se pencha vers moi. Sans doute voulait-il m'embrasser, comme font avec toutes les petites filles tous les personnages importants, pour paraître humains. Bien sûr, je me jetai en arrière et m'enfuis. Bien sûr, les gendarmes me rattrapèrent. Et une nouvelle vie commença.

XV

Dans le couloir, une voix.

Une voix d'avant le naufrage.

Une voix que je reconnaissais entre toutes.

« L'analyse du dialogue entre le loup et l'agneau montre un non-respect du modèle prototypique : aucune séquence phatique d'ouverture et de fermeture. »

Je me bouchai les oreilles mais la voix se glissait entre mes doigts, comme un serpent glacé.

« Les prémisses-présupposés ne jouent aucun rôle dans l'argumentation éristique choisie par le loup. »

Impossible de m'enfuir, le gendarme me tenait par l'épaule.

– Voilà, me dit-il. Nous sommes arrivés. C'est la porte de ta classe. À ce soir.

*
* *

Des vieux. Alignés comme à l'école sur des chaises et derrière des tables, mais rien que des vieux. Et aussi des vieilles. Je m'entends : pas tout à fait vieux, pas tout à fait vieilles, autour de trente ou quarante ans, pour moi, c'est le grand âge !

Et Madame Jargonos me souriait :

– Bienvenue, ma petite. Bienvenue dans notre stage. Tu te rends compte de ta chance ? Rien que des professeurs. Autant dire que tu vas réapprendre vite à parler !

J'avais compris : une classe entière de professeurs. Ils suivaient l'une de ces fameuses cures de soins pédagogiques.

Pauvres professeurs !

Ils me regardaient d'un air désolé. Un grand brun me montra une chaise libre près de lui.

Et Madame Jargonos reprit sa leçon. Sa chanson incompréhensible :

– Par le «on me l'a dit» du vers 26, l'édifice dialectique achève de s'effondrer pour que l'emporte la seule sophistique du loup. Passons maintenant à la fin de la fable :

Là-dessus au fond des forêts (27)
Le loup l'emporte et puis le mange, (28)
Sans autre forme de procès. (29)

Les vers 27 à 29 sont constitués par deux propositions narratives qui ont pour agent S2 (le loup) et pour patient S1 (l'agneau), les prédicats emporter/manger étant complétés par une localisation spatiale (forêts). Dans cette phrase narrative finale, le manque (faim de S2), introduit dès le début comme déclencheur-complication, se trouve elliptiquement résolu. Vous avez des questions ?

*

* *

Je suis restée deux semaines dans la Sècherie.

Comment appeler autrement notre institut pédagogique ?

Le matin, on nous apprenait à découper la langue française en morceaux. Et l'après-midi, on nous apprenait à dessécher ces morceaux découpés le matin, à leur retirer tout le sang, tout le suc, les muscles et la chair.

Le soir, il ne restait plus d'elle que des lambeaux racornis, de vieux filets de poisson calcinés dont même les oiseaux ne voulaient pas tant ils étaient plats, durs et noirâtres.

Alors, Madame Jargonos était satisfaite. Elle trinquait avec ses adjoints.

– Je suis fière de vous. Notre travail avance comme il faut. Demain, nous disséquerons Racine et après-demain Molière…

Pauvre langue française ! Comment la faire évader de ce traquenard ?

*
* *

Et pauvres profs !

La date du contrôle approchait. L'épreuve qu'ils redoutaient le plus était le «glossaire», une liste de mots imposée par le ministère, avec des définitions terribles. Pour l'apprendre, ils travaillaient tout le jour et même la nuit, après l'extinction des feux. Dans le noir, de ma petite chambre dont la fenêtre donnait sur leur dortoir, j'entendais des voix basses, des chuchotements qui récitaient.

«Apposition : cette fonction exprime la relation entre le mot (ou groupe de mots) apposé et le mot auquel il est mis en apposition, relation identique, pour le sens, à celle qui lie l'attribut et le terme auquel il renvoie, mais différente du point de vue syntaxique, car elle n'est pas établie par le verbe[1]. »

« Valeur des temps : les formes verbales présentent le procès de façons différentes, suivant l'aspect et suivant la relation qui existe ou non, dans l'énoncé, avec la situation d'énonciation. Ce sont ces présentations que l'on appelle valeurs[2]. »

Certains, qui ne parvenaient pas à se mettre tout en mémoire, allumaient une lampe de poche. Ils juraient, ils pestaient. Ils pleuraient presque en lisant le charabia : « Une approche cohérente des genres veille donc à faire comparer leurs manifestations dans le quotidien et leurs réalisations littéraires, dans une perspective de poétique générale[3]… »

Malheureux profs perdus dans la nuit !

J'aurais bien voulu leur venir en aide. Après tout, ce « glossaire » avait été fabriqué pour moi, élève de sixième. Mais était-ce ma faute si je n'y comprenais rien ?

1. *Programmes et accompagnement* (Français, classe de 6e), p. 55, ministère de l'Éducation nationale, de la Recherche et de la Technologie, Paris, 1999.
2. *Ibid.*
3. *Ibid.*

XVI

– Viens…

Un insecte avait dû, pendant la nuit, s'intro-
duire dans mon oreille et maintenant, l'effronté,
il me grattouillait le tympan. Il me fallait sévir. Je
sortis à regret de mon rêve : au moment où mon
bateau allait sombrer, un hélicoptère blanc et
silencieux survenait. Sa porte s'entrebâillait et
descendait pour moi du ciel une échelle de soie.
J'ouvris les yeux.

– Quel sommeil tu as ! Bon. Habille-toi vite…

De confiance, je suivis la voix car je ne voyais
rien. Monsieur Henri ne m'apparut que dehors
et encore faiblement, comme une ombre. Pour
me sauver, il s'était camouflé en garçon de café
(costume noir) et avait négocié avec la Lune
pour qu'elle aille éclairer ailleurs.

À la porte de la Sècherie, assis sur sa chaise
habituelle, le concierge-gardien dormait, un sou-

rire à l'un des coins de ses lèvres, un cigare pen-douillant à l'autre. En passant, Monsieur Henri lui tapota son chapeau.

– Je lui ai fredonné *Une île au soleil*. Personne ne résiste à ma berceuse. Demain matin, Nécrole piquera sa colère.

*
* *

Dans la pirogue du retour, une fois éloignés les dangers, nous avons trinqué (du rhum, encore du rhum) à ce sinistre Nécrole. Et puis dansé, dansé, au risque mille fois de nous renverser. Et puis chanté et rechanté la berceuse de ma liberté.

Ce n'est qu'une île au grand soleil
Un îlot parmi tant d'autres pareils
Où mes parents ont vu le jour
Où mes enfants naîtront à leur tour…

Vous comprenez maintenant pourquoi, lorsque le sommeil refuse de me prendre, il me suffit de fredonner :

Au grand matin coiffée de rosée
Elle a l'air d'une jeune épousée
Je la regarde et mon fardeau
Semble aussitôt léger sur mon dos.

J'ai juste le temps de me rappeler la confidence de Monsieur Henri, ses difficultés pour trouver une rime à «rosée», sa joie quand lui vint l'image d'une épousée.

– La vie râpe, Jeanne, tu verras. Il faut tout faire pour l'adoucir. Et rien de tel que les rimes. Oh, elles se cachent souvent, elles ne sont pas faciles à dénicher. Mais une fois installées à la fin de chaque phrase, elles se répondent. On dirait qu'elles agitent leurs petites mains amicales. Elles te font signe et elles te bercent. Je crois que je ne pourrais plus vivre sans mes rimes.

*
* *

Thomas m'attendait sur la plage, à côté du neveu décidément de plus en plus sublime. Je croyais qu'en bon frère, il se jetterait à l'eau dès que j'apparaîtrais pour me serrer contre lui. Et dans ses yeux, je devinerais ce qu'il voudrait me dire : «Oh, ma sœur, j'ai eu si peur, tu m'as tant manqué. Ils ne t'ont pas maltraitée au moins, autrement je les tuerai, je te le jure… »

Hélas, mon frère demeura mon frère.

Un bref coup d'œil agacé : (« C'est à cette heure-là que tu arrives ? »)

Et, sans plus s'occuper de sa sœur rescapée, il gratta sa guitare.

*
* *

Souvent, je repense à Madame Jargonos, à ces jours de malheur passés en sa compagnie. Aucun désir de revanche ne me prend, aucune vague de colère. Plutôt de la tristesse. J'aimerais avoir un courage, une générosité que je n'aurai pas : braver les hélicos noirs et revenir la sauver de sa maladie, une maladie qui la ronge plus cruelle-ment que le cancer et l'empêche de vivre. Les médecins n'ont pas leur pareil pour baptiser de manière incompréhensible les maladies qu'ils découvrent. Moi, je n'ai pas ce talent ni leur sens du mystère. La maladie que j'ai découverte en elle, je l'appellerai simplement : la peur, la peur panique du plaisir des mots.

XVII

Le lendemain, pour me reposer de mes aventures, je croyais pouvoir dormir longtemps. C'était mal connaître Monsieur Henri. Sous ses dehors nonchalants et rieurs se cachait une obstination terrible : celle qui lui faisait, jour et nuit s'il le fallait, traquer la rime.

Juste après l'aube, il poussa ma porte. Comme vous l'avez deviné, Thomas m'avait abandonnée. Pour mieux se consacrer à sa nouvelle amie guitare, il avait emménagé dans la case d'à côté, où vivait son professeur.

– Debout là-dedans, les leçons continuent. Tu ne te croyais pas en vacances, quand même ? Nous avons assez traîné. Tu dois reparler au plus vite. Autrement ton cerveau droit, celui où naissent les phrases, va se changer en désert, ta langue va devenir plate et noirâtre, comme les poissons qu'on fait sécher au soleil et tu baveras ta salive puisqu'elle n'aura plus rien à faire dans ta bouche!

Ces menaces, on s'en doute, me jetèrent au bas du lit. L'instant d'après, je marchais aux côtés de mon sauveur.

– Madame Jargonos avait sa méthode. J'ai la mienne. Tu as déjà visité beaucoup d'usines? Non? Ça ne fait rien. Celle où je t'emmène est très particulière. Et pourtant essentielle. C'est peut-être l'usine la plus nécessaire de toutes les usines. Maintenant, mets ce masque d'apiculteur et cette cape blanche. Nécrole ne va pas te lâcher comme ça. Tu auras un peu chaud. Mais dehors, tu devras porter ce déguisement tout le temps, tant qu'il ne t'aura pas oubliée. Et ça risque de durer longtemps! Nécrole a de la mémoire.

*
* *

– Je vous attendais plus tôt…

Le directeur de l'usine la plus nécessaire de toutes les usines me toisait sans gentillesse. C'était un long personnage. On aurait dit une girafe désincarnée, une sorte de squelette géant sur lequel on aurait collé un peu de peau pour ne pas effrayer complètement les gens. Je faillis

pleurer. N'avais-je donc fui Madame Jargonos que pour tomber sur plus sévère encore ? Étais-je condamnée, jusqu'à la fin de ma vie, à subir les tortures des grammairiens ? D'ailleurs, ces grammairiens, ces grammairiennes, pourquoi étaient-ils si maigres ?

D'un chuchotement, pendant que nous commencions la visite, Monsieur Henri me donna sa réponse.

– Le directeur a l'air terrible. Mais c'est le plus gentil des hommes. Seulement, il aime tellement les mots, il s'occupe tellement d'eux, nuit et jour, qu'il en oublie de manger. Alors forcément, il manque de graisse. Une fois par mois, on est obligé de l'enfermer. On lui ouvre la bouche et on le gave. Autrement, il mourrait.

J'ai une autre explication, je ne sais pas ce qu'elle vaut, je vous laisse juges : les grammairiens se passionnent pour la structure de la langue, son ossature. Alors forcément, chez eux, le squelette est plus visible. Je sais, je sais, il y a des grammairiens gros. Mais la grammaire n'est-elle pas le royaume des exceptions ?

*
* *

Le premier bâtiment de l'usine la plus nécessaire du monde était une volière immense,
grouillant de papillons.

– Ceux-là, je crois que tu les connais, me dit la
girafe.

Je hochai la tête (j'avais enfin retiré mon
masque d'apiculteur). Tous les noms, mes amis
de la ville des mots, étaient là. Ils m'avaient
reconnue, ils se pressaient contre le grillage, ils
me faisaient fête.

– On dirait que tu es populaire !

Le directeur-girafe semblait sidéré par cet
accueil. Il me sourit (c'est-à-dire qu'il grimaça :
comment peut-on sourire quand on n'a pas de
peau ?) J'étais heureuse. L'usine m'avait adoptée.

Nous nous avançâmes de quelques pas, vers
une grande vitre derrière laquelle, sur plusieurs
étages, s'activaient d'autres mots. Par leur
manière de s'agiter perpétuellement et en tout
sens, on aurait dit des fourmis.

– Et ceux-là, tu t'en souviens ?

Mon air désolé lui donna la réponse.

– Ce sont les *verbes*. Regardez-les, des
maniaques du labeur. Ils n'arrêtent pas de travailler.

Il disait vrai. Ces fourmis, ces *verbes*, comme
il les avait appelés, serraient, sculptaient, ron-

geaient, réparaient; ils couvraient, polissaient, limaient, vissaient, sciaient; ils buvaient, cousaient, trayaient, peignaient, croissaient. Dans une cacophonie épouvantable. On aurait dit un atelier de fous, chacun besognait frénétiquement sans s'occuper des autres.

– Un verbe ne peut pas se tenir tranquille, m'expliqua la girafe, c'est sa nature. Vingt-quatre heures sur vingt-quatre, il travaille. Tu as remarqué les deux, là-bas, qui courent partout ?

Je mis du temps à les repérer, dans le formidable désordre. Soudain, je les aperçus, « être » et « avoir ». Oh, comme ils étaient touchants ! Ils cavalaient d'un verbe à l'autre et proposaient leurs services : « Vous n'avez pas besoin d'aide ? Vous ne voulez pas un coup de main ? »

– Tu as vu comme ils sont gentils ? C'est pour ça qu'on les appelle des *auxiliaires*, du latin *auxilium*, secours. Et maintenant, à toi de jouer. Tu vas construire ta première phrase.

Et il me tendit un filet à papillons.

– Commence par le plus simple. Va là-bas, dans la volière, choisis deux noms. Après, pour le verbe, tu viendras choisir dans la fourmilière. Allez, n'aie pas peur, ils te connaissent, ils t'aiment bien, ils ne vont pas te mordre.

Il en avait de belles, le directeur-girafe, j'aurais voulu l'y voir. À peine la porte poussée, je fus assaillie, étouffée, aveuglée, les noms se battaient, ils m'entraient dans les yeux, les narines, les oreilles, j'éternuai, je toussai, je faillis mourir, ils voulaient tous que je les retienne, ils devaient tellement s'ennuyer dans leur prison. Au moment de m'évanouir, j'en saisis deux par les ailes, au hasard, «fleur» et «diplodocus», et je refermai la porte, pâle, tremblante, à demi morte.

La girafe ne me laissa pas le temps de souffler.

– Allez, maintenant, tu pêches un verbe.

Avertie par mon expérience précédente, je ne passai que la main. Laquelle, en une seconde, fut recouverte, léchée, mordue, griffée, mais aussi caressée, pommadée, récurée, maquillée. Les fourmis-verbes s'en donnaient à cœur joie. Émue par tant d'attention, je les laissai travailler quelques secondes et puis je me retirai avec l'un d'entre eux, pris au hasard, «grignoter».

– Bon, passe au distributeur d'articles et reviens me voir.

Plus sages, ceux-là. Une colonne «masculin», une autre «féminin», il suffisait d'appuyer sur le bouton et tombèrent dans le creux de ma main les avant-gardes qui m'étaient nécessaires, un «le» et un «la».

– Parfait, maintenant tu t'assieds là, à ce

bureau, tu déposes tes mots sur la feuille de papier et tu formes ta phrase.

Mes mots, si péniblement attrapés, je les retenais toujours par les ailes, je ne voulais pas les laisser, je craignais qu'ils ne s'échappent. Après tout, une phrase, pour un mot, c'est une prison. Ils préféreraient sûrement se promener seuls, comme dans la ville que nous avions tant aimée, avec Monsieur Henri.

C'est lui qui vint à mon secours.

– Fais confiance au papier, Jeanne. Les mots aiment le papier, comme nous le sable de la plage ou les draps du lit. Sitôt qu'ils touchent une page, ils s'apaisent, ils ronronnent, ils deviennent doux comme des agneaux, essaie, tu vas voir, il n'y a pas de plus beau spectacle qu'une suite de mots sur une feuille.

J'obéis. Je lâchai « fleur », puis « grignoter », enfin « diplodocus ». Monsieur Henri ne m'avait pas menti : le papier était la vraie maison des mots. Sitôt couchés sur lui, ils cessaient de s'agiter, ils fermaient les yeux, ils s'abandonnaient, comme un enfant à qui on raconte une histoire.

– Tu es contente de toi ?

La voix de la girafe me tira de ma contemplation attendrie. Je regardai la phrase que j'avais formée, ma première depuis le naufrage, et j'éclatai de rire :

« La fleur grignoter le diplodocus. »

– Où as-tu vu ça ? Une plante fragile dévorer un monstre ! Généralement, le premier mot d'une phrase, c'est le *sujet*, celui ou celle qui fait l'action. Le dernier, c'est le *complément*, parce qu'il complète l'idée commencée par le verbe…

Pendant qu'il parlait, j'avais vite modifié l'ordre. « Le diplodocus grignoter la fleur. »

– Je préfère ça. Entre nous, je ne sais pas très bien si ces grosses bêtes-là adoraient les fleurs. Bien. Dernière étape, nous allons *dater* le verbe. « Grignoter », c'est trop vague. Et ça ne dit pas quand ça s'est passé ! Il faut donner un temps au verbe. Encore un effort, Jeanne, reste concentrée. Tu vois les grandes horloges, là-bas ? Vas-y. Et choisis.

*
* *

Une famille de hautes horloges à grands balanciers de cuivre se dressait sur une sorte d'estrade en bois. On aurait dit que, de leurs cadrans, elles surveillaient l'usine la plus nécessaire du monde.

Je montai les marches, le cœur battant, ma feuille à la main avec sa phrase minuscule.

Je m'approchai de la première horloge. Son balancier me rassura. Il battait comme d'habitude, vers la gauche, vers la droite, régulièrement. Une ouverture avait été percée dans l'horloge, semblable à une boîte aux lettres. Tout naturellement, je lui confiai ma feuille. J'entendis des grincements d'engrenage, trois notes de carillon. Et la feuille me revint, avec ma phrase complétée : « Le diplodocus *grignote* la fleur. » Alors seulement je découvris la pancarte : HOR- LOGE DU PRÉSENT.

Encouragée par Monsieur Henri, je continuai ma promenade dans le temps. Les deux horloges voisines se présentaient elles-mêmes comme celles du passé. Leurs balanciers jouaient un drôle de jeu : montés vers la gauche, ils ne redescendaient pas. On les aurait dit cassés. Et pourquoi deux horloges ? Rien ne semblait plus simple que le passé. Le passé : le royaume de ce qui est fini et ne reviendra plus.

– Essaie l'une après l'autre. Tu comprendras.

Ma feuille deux fois envoyée et deux fois revenue, je comparai. Monsieur Henri lisait derrière mon dos et commentait :

– « Le diplodocus *grignotait*. » Tu es dans l'imparfait. C'est du passé bien sûr, mais un passé qui a duré longtemps, un passé qui se répétait : qu'est-ce qu'ils faisaient toute la journée, les diplodocus, du premier janvier au trente et un décembre ? Ils grignotaient. Alors que là, « *grignota* », tu es dans le passé simple. C'est-à-dire un passé qui n'a duré qu'un instant. Un jour que, par exception, peut-être après une indigestion, le diplodocus n'avait plus faim, il grignota une fleur. Le reste du temps, il dévorait. Tu comprends ?

Simple, rien de plus simple que ce passé-là. Je passai à l'horloge voisine, celle du futur. Son balancier était aussi bloqué, mais de l'autre côté, en haut à droite. Je glissai ma feuille et « *grignoter* » me revint « *grignotera* ». Le diplodocus était entré dans le futur : demain, il fera un repas léger de fleurs !

Dans la dernière horloge de haute taille, le balancier était fou. Il s'agitait en tout sens, plus girouette que balancier, au gré d'on ne savait quelle fantaisie.

– Ça, c'est le *conditionnel*, expliqua Monsieur Henri. Rien n'est sûr, tout peut arriver, mais tout dépend des conditions. Si le temps était beau, si les glaces se retiraient, si…, si…, alors le diplodocus *grignoterait*, tu me suis ? Il se pourrait qu'il grignote mais je ne peux pas te le garantir.

Le présent, les deux passés, le futur, le conditionnel… J'avais fermé les yeux et je rangeais soigneusement dans ma tête toutes ces espèces de temps.

– Bon, Jeanne, il va falloir que j'y aille. L'usine est à toi. Tu vois, je ne t'avais pas menti. Tu en connais de plus utiles, des usines ? Que peut-on fabriquer au monde de plus nécessaire pour les êtres humains que des phrases ? Tu as compris le principe. Tu trouveras le magasin des adjectifs derrière la volière des noms. Et aussi un distributeur de prépositions pour les compléments indirects : aller *à* Paris, revenir *de* New York. Dernière recommandation : prends bien soin du papier. Tu as vu, c'est lui et lui seul qui sait apprivoiser les mots. Dans l'air, ils sont bien trop volages. Allez, je te laisse. Bonnes phrases ! Tu me les montreras ce soir. Une chanson m'attend.

Il m'a touché l'épaule et s'en est allé.

C'était sa manière de parler et aussi de vivre. À tout instant, il répétait : «Une chanson m'attend.» Comme si c'était sa femme, une femme fragile et très aimée et qui aurait pu disparaître, s'évanouir dans l'air s'il n'arrivait pas à temps.

Vous avez deviné, j'étais jalouse. Depuis cette époque, je rêve souvent que je suis une chanson. Quelques lignes, une musique. Une nuit, la bouche bien collée contre l'oreille de mon mari, je lui demanderai de me fredonner, pas quelque chose, pas un refrain, de me fredonner moi. Ce sera sa plus belle manière de m'aimer.

XVIII

J'ai joué toute la journée. J'avais l'impression de retrouver les cubes de mon enfance. Je combinais, j'accumulais, je développais. J'avais découvert, en fouinant dans l'usine, d'autres distributeurs. Celui des *interjections* (Ah! Bon! Hélas!), celui des *conjonctions* (mais, ou, et, donc, or, ni, car…), petits mots bien utiles pour relier les morceaux de phrase.

Au fil des heures, mon diplodocus s'étendait, s'allongeait, il gagnait en taille, il serpentait comme un fleuve, il débordait de la page…

Le directeur-girafe n'en crut pas ses yeux quand il regarda mon travail : « Au fond de la forêt impénétrable, le gigantesque et verdâtre diplodocus confiait à ses amis en pleurant qu'il avait grignoté par erreur la fleur délicate, jaune, rare, ni européenne ni américaine mais asiatique, qu'un colporteur terrorisé lui avait vendue trois fois rien et que sa fiancée, une blonde acariâtre, colérique, rubiconde et néanmoins tendrement aimée, attendait impatiemment depuis des années. »

– Une phrase, c'est comme un arbre de Noël. Tu commences par le sapin nu et puis tu l'ornes, tu le décores à ta guise… jusqu'à ce qu'il s'effondre. Attention à ta phrase : si tu la charges trop de guirlandes et de boules, je veux dire d'adjectifs, d'adverbes et de relatives, elle peut s'écrouler aussi.

Je me jurai de construire plus léger à l'avenir.

– Ne t'inquiète pas. Les débutants surchargent toujours. L'usine est à toi. Comme à tous les habitants de l'île qui veulent s'amuser avec les phrases. Regarde.

Je me tournai. Toute à mon travail, je n'avais prêté aucune attention à ceux qui m'entouraient. Pourtant, ils étaient des dizaines, hommes et femmes de tous âges, à jouer comme moi. Courant de la volière aux distributeurs, assiégeant les horloges et gloussant de bonheur quand, sur le papier, le résultat correspondait à leur attente ou, mieux, les surprenait.

– Les vrais amis des phrases sont comme les fabricants de colliers. Ils enfilent des perles et de l'or. Mais les mots ne sont pas seulement beaux. Ils disent la vérité.

– Et qu'y a-t-il derrière cette porte ?

La girafe me jeta un coup d'œil joyeux.

– Tu t'es entendue ? Il me semble que tu es guérie, non ? Et voilà, Mademoiselle Jeanne reparle. Oublié le cauchemar de la tempête !

Mademoiselle Jeanne rougit. Mademoiselle Jeanne faillit pleurer. Mais Mademoiselle Jeanne est fière, elle ravala ses larmes. Mademoiselle Jeanne est polie. Elle murmura merci. Mademoiselle Jeanne est aussi obstinée. Elle reposa sa question.

– Qu'y a-t-il derrière cette porte ?

– C'est le seul endroit interdit de mon usine. Allez, maintenant, va rejoindre Monsieur Henri, va faire admirer ta belle voix toute neuve. Tu n'entends pas la musique ? Une fête se prépare.

XIX

Toute la population s'était rassemblée sur la plage, la plage de notre arrivée.

Drôle de spectacle !

Les uns riaient, chantaient, s'embrassaient.

Les autres grimaçaient de colère ou de tristesse.

Que se passait-il ?

Comme d'habitude, Monsieur Henri avait compris ma question et s'apprêtait à y répondre alors que je n'avais pas encore ouvert la bouche. À croire que son oreille entendait mes pensées. Était-ce ce genre d'oreilles qu'on appelle « absolues » ? D'autres interrogations me trottaient dans la tête. Ce pouvoir de deviner était-il réservé aux musiciens ? Ou nos amis, nos amis les plus proches, avaient-ils aussi cette capacité ? Mais alors, l'amitié n'était-elle pas une forme de la musique ?

– Tu m'écoutes, Jeanne ?

– Pardon, je réfléchissais à des choses…

– Oh, quelqu'un qui « réfléchit à des choses », surtout par une telle chaleur, mérite mon respect. Même si ce quelqu'un qui réfléchit à des choses oublie de remercier.

– Remercier ? Remercier qui ? Et pourquoi ?

– Mais tu parles, il me semble. Tu n'es pas heureuse d'avoir retrouvé la parole ?

– Oh pardon !

De honte, je faillis mourir. Des larmes me vinrent aux yeux (les filles, souvent, plutôt que mourir préfèrent pleurer). Et je me jetai dans les bras de Monsieur Henri (j'avais déjà appris que peu d'hommes résistent aux sanglots d'une fille).

– Calme-toi, calme-toi, tu as toutes les excuses, tu réfléchissais à des choses…

– S'il vous plaît, ne vous moquez pas de moi ! Que se passe-t-il ?

– Nous fêtons l'anniversaire de notre vieille nommeuse. Personne ne connaît la date de sa naissance. Mais quelle importance ?

À ce moment retentit un hurlement en forme de prénom. À mi-chemin entre l'injure et le cri de joie. « Jeanne ! » C'était mon frère.

– Où étais-tu ? Je t'ai cherchée partout (menteur). Tu veux entendre ce que j'ai appris aujourd'hui ?

– Mais Thomas, toi aussi, tu parles !

– C'est grâce à la musique. Elle a remis de l'ordre dans mon cerveau.

– Solfège et grammaire, même combat ?

– Exactement.

Monsieur Henri et son neveu avaient disparu. Sans doute avalés par la foule en liesse. Nous restions tous les deux, mon frère et moi, en famille. Tout près, une tortue géante pondait ses œufs dans le sable, tranquillement, sans s'occuper de nous ni du vacarme. Je l'enviais. Moi aussi j'aimerais pondre des œufs. Plus tard, quand l'heure sera venue d'avoir des enfants. Pondre fait forcément moins mal qu'accoucher. Mon frère jouait. Une lumière que je ne connaissais pas éclairait ses yeux. Il jouait *Michelle* des Beatles, plutôt bien, je dois le reconnaître, sans trop de fausses notes. Peut-être que les mots n'étaient pas son vrai langage à lui. Je comprenais mieux pourquoi il m'avait si souvent parlé si mal. Il s'est arrêté. Ce devait être la fin. J'ai applaudi. Pour lui faire plaisir. Faire plaisir à son frère, à toute heure du jour et de la nuit, vous connaissez d'autres moyens pour rendre potable la vie de famille ?

– À propos…

Pour me dire les choses importantes, Thomas

a une technique, il regarde ailleurs. Je plains sa femme future.

– À propos, Papa et Maman arrivent demain. Ils viennent nous chercher, en hydravion.

– Ensemble ?

– Toujours tes grands mots !

– J'espère que l'île leur fera du bien.

– Depuis combien de temps ils ne se sont pas parlé ? Tu crois qu'ils se parlent dans l'hydravion ?

– Impossible. Ça fait trop de bruit, ces engins-là.

XX

Une porte.

« Tu peux aller partout dans l'usine, m'avait dit la girafe. Mais jamais, tu m'entends ? jamais, tu ne pousseras cette porte. »

J'avais juste le temps avant la nuit.

*
* *

De l'autre côté, ils étaient trois, trois seulement, trois à travailler devant leur feuille de papier.

Je me suis approchée du premier.

– Qui es-tu ?

– Un écrivain-pilote.

– Où est ton avion ?

– Au fond de la mer.

– Il ne te manque pas trop ?

– J'ai les mots. Quand on est leur ami, ils remplacent tout, même les avions cassés.

– Comment tu t'appelles ?

– Antoine. Mais je suis plus connu par mon diminutif. Saint-Ex.

– Comme celui du Petit Prince ?

– C'est moi. L'île m'a recueilli, comme toi. C'est le seul endroit où aller pour un écrivain mort.

– Mais tu n'es pas mort puisque tu me parles !

– Je ne suis pas mort parce que j'écris. Si tu ne me laisses pas travailler, je vais mourir de nouveau. Alors je te quitte. Bonne chance, Jeanne.

– Bonne chance.

Avant de partir, je n'ai pas pu m'empêcher de jeter un coup d'œil sur son papier, par-dessus son épaule. Ses phrases étaient courtes.

Il n'y eut qu'un éclair jaune près de sa cheville. Il demeura un instant immobile. Il ne cria pas. Il tomba doucement comme tombe un arbre. Ça ne fit même pas de bruit, à cause du sable.

*
* *

Le deuxième travailleur était très pâle, avec une moustache si mince qu'on aurait dit un trait,

139

un trait noir au-dessus de la bouche. Il s'était confectionné une cabane avec des morceaux de liège, ceux qui retiennent les filets et que la mer rejette sur les rivages. Et c'est là, au milieu de tout ce liège, qu'il écrivait. Il me regardait avec un sourire doux, triste, un sourire d'une profondeur qui donnait le vertige.

– Comment t'appelles-tu ?

– Jeanne. Et toi ?

– Marcel.

– C'est un prénom très vieux.

– Je suis très vieux.

Il avait une voix d'essoufflé. Et pourtant, il n'était pas du genre sportif. Il semblait mal en point, pour un survivant. Je me promis de lui rendre visite souvent et de le protéger.

– Ça t'intéresse, les phrases ?

Je hochai la tête.

– J'ai peur que les miennes te paraissent beaucoup trop longues.

Je me penchai sur sa feuille.

Mais quand il fut rentré chez lui, l'idée lui vint brusquement que peut-être Odette attendait quelqu'un ce soir, qu'elle avait seulement simulé la fatigue... qu'aussitôt qu'il avait été parti, elle avait rallumé et fait rentrer celui qui devait passer la nuit auprès d'elle.

– Ça te plaît ?

– Je n'y comprends rien. Mais quelque chose me dit, là, dans le cœur, que tes phrases m'intéresseront plus tard, quand je serai grande.

Je savais maintenant pourquoi il étouffait. Ses phrases si longues devaient s'enrouler autour de sa gorge et l'empêchaient de respirer.

– Pourquoi tu fais des phrases si longues ?

– Il y a des pêcheurs qui prennent des poissons de surface avec une ligne très courte et un seul hameçon. Mais pour d'autres poissons, les poissons des profondeurs, il faut des filets très très longs.

– Comme tes phrases.

– Tu as tout compris. Maintenant, laisse-moi. L'air me manque encore plus quand j'abandonne mes phrases.

– Tu es fragile. Je prendrai soin de toi, toujours.

– Je te remercie.

*
* *

De loin, on aurait dit une basse-cour, mélangée avec un zoo. Ou l'embarquement pour l'arche de Noé. Je voyais des loups, des ânes, des

chiens, des perroquets, deux taureaux, un renard, un lièvre, des souris, un aigle, douze lions et une lionne, un corbeau, une couleuvre…

Seulement après, je distinguai l'homme qu'entourait cette ménagerie. Il portait un large chapeau de paysan. Malgré ces apparences, il devait écrire lui aussi, comme mes deux amis précédents, puisqu'il tenait un carnet ouvert à la main et portait à l'oreille une plume d'oie très effilée. M'approchant davantage, je m'aperçus qu'il discutait avec un singe et un léopard. Ou plutôt, il écoutait, passionné, leur discussion. Le félin tacheté se trouvait beau et le singe malin. Que valait-il mieux sur cette terre, l'apparence physique ou l'intelligence ?

J'attendis poliment la fin de ce vieux débat.

– Pardon monsieur, je m'appelle Jeanne. Un écrivain a-t-il toujours besoin d'animaux autour de lui ?

– Un écrivain a pour métier la vérité. Laquelle a pour meilleure amie la liberté. L'animal par nature étant plus libre que l'humain, nul ne prête plus attention à ses propos que l'écrivain.

Je n'étais pas sûre d'avoir tout compris. J'entendais juste que, comme Monsieur Henri, cet homme-là avait la passion des rimes. Je n'en menais pas large. Si le singe me souriait, le léopard grondait. Avant de fuir, je devais pourtant achever mon enquête. Je pris mon courage à deux mains.

– Pardon, monsieur, vous pourriez me montrer une de vos phrases ? J'en fais collection. (Je savais que, pour apprivoiser un auteur, rien ne vaut la flatterie.)

– Ah, chère Jeanne, si les jeunes d'aujourd'hui avaient ton intelligence… À propos, je m'appelle Jean.

Et, ronronnant, il m'ouvrit son carnet.

– Celle-ci, avouons-le, j'en suis satisfait. Elle

devrait me valoir un peu de gloire : « *Cette leçon vaut bien un fromage sans doute.* »

Je m'apprêtais à l'applaudir (vive votre brièveté, vive votre précision, vous avez le génie du résumé, vous !), quand des doigts crochus agrippèrent mon épaule.

– Qu'est-ce que tu fais là ?

La girafe, folle de colère, me secouait méchamment.

– Je t'avais interdit cette partie de l'usine.

Antoine, Marcel et Jean, mes trois nouveaux amis, vinrent à mon secours.

– Cette Jeanne est notre invitée permanente.

La girafe se radoucit :

– Tu as vu l'heure ? Va vite dormir. Tes parents arrivent demain, je te le rappelle. Tu dois être en forme pour les accueillir.

Avant de rejoindre mon lit, je lui posai à voix basse la question qui me démangeait depuis que j'avais poussé la fameuse porte :

– Les trois, je ne comprends pas, ils sont morts ou vivants ?

– Quand la mort s'approche d'un grand écrivain ses amis les mots, au dernier moment, l'enlèvent et le déposent ici. Pour qu'il continue son travail.

– Qu'est-ce qu'un grand écrivain ?

– Quelqu'un qui construit des phrases, sans se soucier des modes, seulement pour aller explorer la vérité.

– Et la mort ne part pas à sa recherche ?

– La Terre est trop vaste, elle contient d'innombrables cachettes. Et heureusement, la mort n'est pas bonne en géographie.

– Merci.

Et je pris mes jambes à mon cou.

XXI

Bien sûr, je n'ai pas dormi.

Bien sûr, je les ai appelés plusieurs fois.

Sans succès. Peut-être que dans les airs, mon pouvoir ne pouvait les atteindre.

À côté de moi, dans la nuit, ses doigts éclairés par une petite lampe, Thomas s'entraînait sur sa guitare, encore et encore. Il voulait leur faire la surprise.

Moi aussi je leur réservais des cadeaux. Je leur ferais visiter toute l'île. Je leur réapprendrais les phrases.

Le lendemain, je me suis levée avec le soleil.

*

* *

Les habitants, y compris le directeur-girafe et les trois écrivains avec leurs crayons sur l'oreille et leurs carnets de notes, la vieille nommeuse et son garde du corps-ventilateur, et les chèvres, et les chevaux, et les cochons s'étaient rassemblés sur la plage et, comme nous, guettaient le ciel.

– Je le vois, cria Thomas, montrant l'ouest.

– Je le vois aussi !

– Tu mens : tu regardes de l'autre côté !

– Jeanne a raison. Vos parents arrivent chacun d'un bout du monde.

Nous baissâmes la tête. On a beau s'entraîner, on a toujours du mal à croire ses parents séparés.

Alors, on entendit un grand bruit d'ailes : les mots décollaient, tous les mots de l'île, les mots du marché, les mots de l'usine, les mots de la ville des mots, même ceux de l'hôpital, même la petite phrase malade, les mots rares des vieux dictionnaires, ils s'étaient mis en vacances, ils s'envolaient pour aller à la rencontre des deux hydravions.

– Que se passe-t-il ? demanda Thomas.

On aurait dit une éclipse. Tous ces mots, ces milliers de mots nous cachaient le soleil.

– Regardez, dit Monsieur Henri.

Il avait pris sa guitare, s'était mis à chanter.

> *La petite biche est aux abois*
> *Dans le bois se cache le loup,*
> *Ouh, ouh, ouh, ouh*

Mais le brave chevalier passa
Il prit la biche dans ses bras,
La, la, la, la.

Les mots, un à un, quittaient sa chanson douce et, comme les autres, gagnaient le ciel.

– Vous voyez, il ne me reste que ma musique.

– Que se passe-t-il ? répéta Thomas.

Monsieur Henri souriait.

– Les mots sont de petites bêtes sentimentales. Ils détestent que deux êtres humains cessent de s'aimer.

– Pourquoi ? Ce n'est pas leur affaire, quand même !

– Ils pensent que si ! Pour eux, le désamour, c'est du silence qui s'installe sur Terre. Et les mots haïssent le silence.

– Vu comme ça…

Thomas ne voulait toujours pas comprendre.

– Les mots de sentiments, je veux bien, passion, beauté, éternité… Mais là-bas, friteuse, brosse à dents, clef anglaise, les mots de la vie quotidienne, pourquoi s'intéressent-ils à mes parents, qu'ont-ils à voir avec l'amour ?

– Ils ont beau désigner des choses ordinaires, des activités de tous les jours, ils ont aussi leurs grands rêves, comme nous, Thomas, tout comme nous.

Je restais muette.

Accompagnés par leur cortège de paroles volantes, les deux hydravions amerrissaient côte à côte.

D'une petite voix blanche, je réussis à poser la question qui me brûlait la langue.

– Et les mots… ils peuvent faire recommencer l'amour ?

Monsieur Henri hocha la tête. Ce jour-là, il portait drôlement sa guitare, comme un outil, une pioche ou une hache, le manche sur l'épaule.

– Tu me permets d'être franc, Jeanne ? Tu es grande maintenant, presque une adulte. Alors je vais te dire la vérité. Pas toujours, Jeanne. Les mots ne peuvent pas toujours faire recommencer l'amour. Ni les mots, ni la musique. Hélas.

Un orchestre s'était approché, deux trompettes, au moins dix tambours, ils jouaient joyeusement pour nous, de plus en plus fort. Monsieur Henri dut me crier la suite.

– Mais ça n'empêche pas d'essayer. On essaie, Jeanne, depuis dix mille ans, on essaie tous…

Les deux hydravions s'étaient arrêtés, portes encore fermées, au milieu de la lagune. Les oiseaux, jaloux de tous ces événements, boudaient très haut dans le ciel.

Du même auteur

Loyola's Blues,
roman, Éditions du Seuil, 1974; coll. « Points ».

La Vie comme à Lausanne,
roman, Éditions du Seuil, 1977; coll. « Points ».

Une comédie française,
roman, Éditions du Seuil, 1980; coll. « Points ».

Villes d'eau,
*Ramsay, 1981 (en collaboration avec Jean-Marc
Terrasse).*

L'Exposition coloniale,
roman, Éditions du Seuil, 1988, coll. « Points ».

Besoin d'Afrique,
*Fayard, 1992 (en collaboration avec Éric Fottorino
et Christophe Guillemin); LGF.*

Grand amour,
roman, Éditions du Seuil, 1993; coll. « Points ».

Rochefort et la Corderie royale
(photographies d'Eddie Kuligowsski),
Paris, CNMHS, 1995.

Histoire du monde en neuf guitares,
roman, Fayard, 1996
(accompagné par Thierry Arnoult).

Mésaventures du Paradis,
mélodie cubaine (photographies de Bernard Matussière),
Éditions du Seuil, 1996.

Deux étés,
roman, Fayard, 1997; LGF.

Longtemps,
roman, Fayard, 1998; LGF.

Portrait d'un homme heureux, André Le Nôtre,
Fayard, 2000.

Achevé d'imprimer en août 2007 en Italie par «La Tipografica Varese» - Varese
N° d'éditeur : 90172
Dépôt légal 1ère publication : janvier 2003
Edition 12 - août 2007
LIBRAIRIE GENERALE FRANÇAISE - 31 rue de Fleurus - 75278 Paris cedex 06